ループから抜け出せない悪役令嬢は、諦めて好き勝手生きることに決めました 3

The villainess, stuck in a loop, decides to give up and live as she pleases!

日之影ソラ　illustration 輝竜 司

「胸騒ぎがするんだよ」
「胸騒ぎ？」
不死身の身体を持つ
月の守護者
ディル・ヴェルト
太陽と影の守護者
ヴィクセント家当主
セレネ・ヴィクセント

「ボクを殺してください！
貴女の未来のために、
そして――兄さんのために！」
ヴェルクシュト王国国王
ユークリス・ヴェルト
「――ごめんなさい」

「……セレネ」
大気の守護者
シエロ家当主
ロレンス・シロエ
水の守護者
ワーテル家当主
アレクセイ・ワーテル
森の守護者
フルシュ家当主
ミストリア・フルシュ

「思っていた以上に早かったわね……ディル」
星の守護者
ウエルデン家当主
エトワール・ウエルデン
大地の守護者
ボーデン家当主
ゴルドフ・ボーデン

「お前は知っているんだよな？　セレネ」

「ええ、知っているわ。全てを」

「教えてくれないか？

あの後、過去の守護者たちがどうなったのかを」

「……嫌よ」

「どうしてだ？」

「教えたところで意味はないわ」

「意味ならあるだろ？

お前がこの道を進んだ理由が、
お前が見た過去にあるかもしれないんだからな」

「関係ないわよ。そんなことはもう関係ないの……

彼らの過去も、この世界だってどうでもいい。

私はただ、私が望む理想を掴むだけ」

「セレネ……」

「だから、死んでもらうわよ。ディル」
「俺は殺せないよ。怪物だからな」

CONTENTS

ループから抜け出せない悪役令嬢は、諦めて好き勝手生きることに決めました

The villainess, stuck in a loop, decides to give up and live as she pleases!

日之影ソラ　illustration 輝竜 司

3

プロローグ

繰り返した先で

人生には終わりがある。

終わりがあるからこそ、人は生きるために手を尽くす。幸福でありたいと願い、幸福であるために努力をする。

辛《つら》いことばかりの人生なんて誰も望んでいない。願わくはずっと幸福で、恵まれた日々を、運命的な出会いと共に過ごしたいと思うだろう。

残念ながら人生はそんなに甘くはない。上手くいかないことのほうがずっと多くて、日常には困難があふれている。

それでも前を向いて生きていく。

なぜなら今通り過ぎた一分一秒は、決して戻ることはないと知っているから。振り返ることは許されても、戻ることだけは許されない。

過ぎた時間は戻らず、反省してやり直そうなんてことは叶《かな》わぬ夢だ。

だからこそ私たち人間は、一分一秒を全力で生きる。後悔がないように。振り返った時に、輝かしい日々だったと胸を張って言えるように。

それこそが人間に与えられた当たり前の試練であり、確かな幸福を手に入れるための道しるべでもある。

◇◇◇

朝、目覚める。

少しだけ憂鬱《ゆううつ》で、不安を感じることがある。今日はいつで、どこで、私は何度目の私なのだろうかと、考えてしまう。

手を握って開き、足を動かして、ベッドから起き上がり鏡のほうへと歩み寄る。いつもと変わらぬ自分の顔がそこにある。

傷はなく、ちょっぴり不安そうな表情をしている自分がいて、私は初めてホッとする。

大丈夫、ちゃんと私は明日を……いいえ、今日を迎えることができたのだと。

「さぁ、今日を生きましょう」

自分に言い聞かせて、私は閉じていたカーテンを開く。今日はとてもいい天気で、日差しが心地いいと感じられる。

日差しを瞳に浴びることで、全身の細胞が目覚めて、ようやく起床したことを実感した。

私は大きく背伸びをして、もう一度鏡を見る。不景気な表情をしている自分はもうどこにもいなかった。

鏡に映っているのは、ほんの少しだけ希望を感じている私だった。

「悪くない朝ね」

そう独り言を呟《つぶや》いてから、私は手を叩《たた》いてメイドを呼びつける。

見た目は若くとも、私はヴィクセント家の当主だ。屋敷の使用人たちは皆、私に仕えるために働いている。

手を叩いて呼ぶとすぐにメイドが部屋にやってくる。

「おはようございます。当主様」

「着替えを手伝ってもらえるかしら?」

「かしこまりました。準備はできております」

「ありがとう」

かつては自分で着替えるしかなかった。平民だった母の血が混じり、父からは遠ざけられ、腫れ物のように扱われていた頃が懐かしく思える。

十回目のループ、あの日に自由に生きると決めた私は、これまでの弱い自分と決別し、隠してきた影の異能も解放した。

お父様から当主の座を奪い、婚約者も自ら捨てて、自分の幸せを摑《つか》むため、繰り返す日々から解放されるために歩き出した。

いろいろなことがあった。短い時間に出会い、別れ、戦い、乗り越えた。今日という日があるのは、私自身が戦い抜き、未来を摑《つか》み取った結果だ。

そして今日も、明日を手に入れるために尽力するだろう。たとえ守護者であろうと、古《いにしえ》の時代から蘇《よみがえ》った魔獣であろうとも、私の邪魔はさせない。

「こちらでよろしいでしょうか」

「ええ、ありがとう。朝食の準備をお願いできるかしら」

「はい。ご用意いたします」

着替えを終えたメイドは丁寧にお辞儀をして、先に部屋を後にする。私は少し時間を空けてから部屋を出て、食事をとるために移動する。

食堂に入ると、すでにもう一人、席に座っていた。

「おはようございます！　お姉さま！」

「おはよう。ソレイユ」

ソレイユ・ヴィクセント。私の妹であり、今では唯一の肉親でもある。一時期はぎこちなく姉妹と呼ぶには心の距離が離れていたけど、義母の一件を経て少しだけ、姉妹らしくなった気がする。

彼女は私を見つけると嬉《うれ》しそうに、花が咲くように笑う。

「お姉さまもこれから朝食ですよね？　ご一緒してもいいですか？」

「先に座っていたのは貴女でしょ？　貴女が嫌なら時間を空けるわ」

「私はお姉さまと一緒が嬉しいです」

「そう。なら私も食べようかしら」

「はい！」

自分のために生きると決めて、お父様と対立することになった時も、これまでのループで一度たりとも、私は彼女を本気で嫌うことができなかった。

私がどんな扱いを受けようとも、彼女だけは姉として見ていてくれたから。彼女の笑顔はいつだって眩《まぶ》しくて……目を背けたくなるほどだった。

「お姉さま、今日はどうされるのですか？」

「王城に呼ばれているから行ってくるわ。その後も予定があるから、戻ってくるのは夕方以降になりそうね」

「そうですか。お忙しいのですね……」

「ええ」

彼女は残念そうに、わかりやすくしょんぼりする。私と一緒にいたいと思ってくれているのだろうか。それだけじゃなくて、心配してくれているような表情も見せる。

「あまり無理をされないでください。お姉さま、最近ずっと働き続けていらっしゃいますよね？」

「仕方ないわ。やることが山積みなのよ」

このループを抜け出すための方法を見つけ出す。そのために守護者たちから異能を少しずつ回収して、やっとの思いで石板を変化させた。

そうしたら太古の魔獣たちが復活していて、歴史の真実を知るためには、彼らを倒すことで見ることができる王の記憶を手に入れなくてはならなくなった。

解消された疑問もあれば、より深くわからなくなってしまったこともある。結局、知れば知るほどに謎《なぞ》は深まるばかりだ。

異能とは、魔獣とは……世界とは何なのか。

私たちがこうして暮らしている地の成り立ちを知り、自身に宿る力の意味を知り、ほんの少しずつだけど、私は答えに近づいている気がする。

だからこそ、今は立ち止まるわけにはいかない。

「私にも手伝えることがあれば言ってください！」

「ありがとう。その時になったらお願いするわ」

気持ちは嬉しいけれど、今のソレイユにお願いできることはあまりなかった。

彼女はまだ太陽の異能に目覚めて日が浅い。戦闘経験はもちろん、異能を扱うための感覚すら覚えたてのような状態だ。

今の私たちは古の時代から蘇った魔獣を相手にしている。彼女の母シオリアに魔獣が宿っていた時は例外的に協力してもらったけど、それ以外は危険のほうが大きい。

彼女を危険に巻き込みたくないというのは、私には珍しい姉としての気遣いだった。

それに、彼女には悪いけれど、手伝ってくれる人ならいる。おそらくこの世界でもっとも頼りになって、私が唯一……背中を預けることができる人が。

◇◇◇

朝食を終えた私は、当主の執務室へと足を運んだ。

部屋の中はカーテンが閉まっていて薄暗い。カーテンの隙間から光が差し込んでいて、それを避けるように彼が立っているのはわかっていた。

私はおもむろに窓際に近づいて、カーテンをゆっくりと開ける。

明るい日差しが部屋に入ると同時に、彼は逃げるように後ずさった。

「おい、それは俺に対する嫌がらせか？」

「ふふっ、そんなことないわよ？」

「とか言いながら笑ってるじゃないか。まったく、時々意地が悪いな、お前は」

彼は呆《あき》れたようにため息をこぼし、改まってこちらを向く。

「おはよう、セレネ」

「ええ、おはよう、ディル。今日はとてもいい天気よ。よかったわね」

「……本気で言っているのか？」

「冗談よ。貴方にとっては最悪の天気ね」

「まったくだよ。頼むからカーテンをもう少し閉めてくれないか？」

「仕方ないわね」

私はカーテンを半分だけ開ける。

ディル・ヴェルト。不死身の肉体を持ち、世界から忘れ去られてしまった第一王子。私と同じく、六人の守護者とは異なる異能に開花した一人。

この世界で私がループしていることに唯一自力で気づいた人物であり、いろいろあって彼とは同じ目的のために行動している。

仲間というより、目的のために利用し合うだけの共犯者だった。少なくとも最初はそうで、今はどう思っているかわからない。

背中を合わせて敵と戦い、時に彼を信じて任せる場面も少なくなかった。ただの協力関係にしては、いろいろなことが起こりすぎている。

私は自分以外を信じない。散々裏切られて、悲しく苦しい死を繰り返してきたから。でも彼のことだけは、少しは信じてもいいかなと思い始めている。

「ずっとこの部屋にいたの？」

「まぁな。ここは当主の部屋だから、基本的に誰も入ってこない。カーテンを閉め切っていても、不自然に思う奴《やつ》はいないからな」

「私の部屋を私物化するなんて、悪い従者ね」

「仕方ないだろ？　俺は太陽の下には出られない身体《からだ》だ。そのことを知っているのはお前とユークリスだけだ。それに従者なんて形だけだろ」

「そうね。一応、貴方は王子様だものね」

「昔の話だよ」

彼は月の異能に目覚めた時、世界から存在の記憶が抹消されている。故に彼が王子だったという記録はどこにも残っていない。

まるで初めから、ディル・ヴェルトという人間そのものが存在しなかったように。

私も、彼から直接話を聞くまで、彼の存在を知らなかった。覚えているのはただ一人、彼の肉親であり、この国の若き国王、ユークリス・ヴェルトのみだ。

「この後王城に行くわ。ユークリスに伝えることはあるかしら？」

「そうだな。一言だけ、勝手に死のうとするんじゃない。そう伝えてくれ」

「この間も伝えたわよ？」

「何度でも伝えるさ。あいつは優しすぎる。俺やお前のために命を投げ出そうと考えるくらいに……だから心配なんだ」

ユークリスは二度も、私に殺してほしいとお願いしてきた。自分がいるからディルが不幸になる。王の存在が、私たち異能者を縛っている。

そう考えて、全ての責任は自分にあると決めつけて、命を絶つことで終わらせようとした。とても私たちよりも年下で、まだまだ子供の考えることじゃない。

私だって死ぬのは怖い。何度も経験したからこそ、余計にあの恐怖を知っている。それなのに彼は自ら望んで命を差し出そうとした。

それは強さであると同時に、危うさでもある。兄として、ディルはあの子のことが心配でたまらない様子だった。

「わかったわ。伝えておく」

「頼むよ。もしもまた早まったことをしそうになったら、セレネ」

「ええ、ちゃんと止めるわ。そんなこと考えたらお説教ね」

「そうしてくれ」

ディルは笑う。少しだけ安心してくれたようで、私もホッとする。

「じゃあ行ってくるわ。帰りは夕方くらいになると思う」

「わかった。気をつけてくれ。まだ魔獣の残り二体がいる。どこに潜んでいるかもわからないんだ」

「ええ、貴方も。もしもの時はこの屋敷と、ソレイユのことをお願いするわ」

「ああ、任せておけ」

ディルがこの屋敷にいてくれるだけで、ソレイユの安全は保障されたようなものだ。数千の兵隊より、ディル一人のほうが信用できるし頼りになる。

だから私も、安心して屋敷を出発することができた。

今日は特に忙しい。やることがいっぱいで、会って話さないといけない人が大勢いる。何人かは話すのも面倒で、少し憂鬱だけど仕方がない。

「これも当主のお仕事ね」

そう自分に言い聞かせ、影の異能の力で王城へと移動する。

◇◇◇

王城の廊下を一人で歩く。用があるのは国王であるユークリスだ。

彼が待っている部屋の前まで歩いて行くと、がしゃりと扉が先に開き、一人の男性が顔を出す。

顔を見合わせた途端、お互いに微妙な表情をする。

「おはよう、セレネ」

「ちょうどいいタイミングで出て来たわね。私が来るのが見えていたのかしら？　エトワール」

「そうだったらよかったのだけどね」

エトワールは私から視線を逸《そ》らす。

おそらくは、私と顔を合わせたくなかったから、先に部屋を出て行こうとしていたのだろう。そこに偶然、私が出くわしてしまった。

つまりタイミングが悪かった。私にとっても、彼にとっても。

エトワール・ウエルデン。彼は私の婚約者だった。十回目のループが始まってすぐ、この関係は崩れている。今の私たちは他人だ。

一応、今はソレイユと婚約をしていることになっているけど、家同士の取り決めでしかなく、彼らの間に愛はないことを知っている。

あくまでも政略的な意味合いでの婚約でしかない。私との婚約もそうだった。だから手放すことに躊躇《ちゅうちょ》などなく、むしろ解放された気分だった。

加えて彼が持つ星の異能は、私に関する未来だけ見ることができない。そういう様々な敬意も相まって、私たちは顔を合わせづらい。

「陛下は中で待っていらっしゃる。わかっていると思うが、くれぐれも失礼のないように」

「言われなくてもわかっているわ。貴方も護衛、お疲れ様」

「……失礼するよ」

エトワールは私に背を向けて去っていく。その後ろ姿からは疲れが感じ取れる。魔獣の復活がわかって以降、彼はユークリスを危険から守るため傍《そば》に控え続けている。

ゴルドフやアレクセイと交代しながらだけど、彼の未来視の力は有用で、不測の事態を回避するために、ずっと気を張っていたのだろう。

いつもよりも元気がなかったのはそのせいか。

「別に、今さら心配したりはできないわね」

私たちの関係は、とっくの昔に終わっている。最初から、私たちの間に愛はなく、思いやりすら欠けていた。

心に余裕ができた今は、少しは思うところもあるけれど。

それでもやり直したいとか、これからは友人として仲良くしていきたいとは、微塵《みじん》も思えなかった。

トントン、と扉をノックする。

「どうぞ」

中から少し高めな少年の声が返ってきた。

私は扉を開く。そこには綺麗《きれい》な明るい髪色の少年が、ニコリと優しく微笑《ほほえ》みながら座っていた。

「来てくださって嬉しいです。セレネさん」

「お邪魔するわ」

彼は立ち上がると、自ら私の元まで歩み寄ってくる。

「急に呼び出してしまってすみません。どうしても、この間のことを改めてお話ししたいと思いました」

「この間のことってまさか、また死にたいなんて言うんじゃないでしょうね？」

彼は情けなく笑う。

「もう言いません。兄さんにも怒られてしまったばかりですから」

「そうね。あれで怒ると怖いわよ」

「知っています。それだけボクのことを心配してくれているということも……本当は兄さんが一番苦しんでいるのに」

「そういうところも兄弟ね」

自分のことより兄弟のことばかり考えている。苦しいのはどちらも同じ、いいや、どちらも形容しがたい胸の痛みが常に襲っているようなものだ。

どちらが上とか、どっちのほうが苦しいかなんて些細《ささい》なことでしかない。

彼らは互いに慈しみ、互いの幸福のことばかり考えて、自分のことは二の次以下にしか考えていない。そういうところが兄弟でそっくりだ。

呆れてしまうほどに、二人ともお人好《よ》しで甘いのだろう。

「今日来ていただいたのは、この間のことについて改めて謝罪と、感謝を伝えたかったからです」

「そんなことしなくていいわ。貴方を助けたのも私のためよ」

彼は私に懇願した。

全ての元凶は自分だから、この手で殺してほしいと。もしも言う通りにしていたなら、きっと私はこの世にいなかっただろう。

優しくて怖い、不死身じゃなくなった怪物に殺されてしまっていたに違いない。

ユークリスは少し切なげに微笑む。

「セレネさんは優しいので、そう言ってくれることもわかっていました」

「優しくはないわよ」

「優しいですよ。だってボクを殺してしまったほうが、セレネさんにとって一番楽だったはずです」

「その時は、でしょ？　後が怖いわ」

「兄さんのことならきっと、セレネさんに怒りをぶつけることはなかったと思います」

ユークリスは微笑みながらそう答えた。さも確信しているかのような言い方に、私は首を傾《かし》げて問いかける。

「どうしてそう思うの？」

「優しいからですよ」

「そうね。彼は優しすぎるわ」

「セレネさんもです。兄さんもセレネさんの優しさを知っています。だから、きっと理由があったんだって思うはずです」

「……そうかもしれないわね」

実際どうなるのだろうか。

もしもの話をしたところで意味がないとわかっている。けれど考えるだけなら自由だ。

私があの時、ユークリスの願いを聞き入れていたら……彼は怒りを露《あら》わにして、私のことを殺そうとしていただろうか。

本気の殺意を向けていただろうか。

そこまで考えて失笑してしまう。こんなことを考えることこそが無意味だと。

私はとっくに選択した。ユークリスを殺すのではなく、他の方法を探すことに決めたんだ。

「仮に同じ場面になっても、私は貴方を殺さないわ」

「そうでしょうね。セレネさんは優しいので」

「違うわよ。貴方を殺したところで、私たちの異能が消える保証はどこにもないわ。あくまで貴方の仮説に過ぎない。むしろ取り返しのつかないことになる可能性だってあるもの」

「そういうことにしておきます」

ユークリスは笑みをこぼす。このお人好しな国王様は、どうしても私のことを優しい人だと決めつけたいらしい。

私もどうして、こんなに張り合ってしまうのだろうか。単に恥ずかしいだけかもしれない。誰かに優しいと思われることが……。

「話は終わりかしら？　だったらもう行くわ」

「この後はどちらに？」

「ゴルドフたちの報告会に参加するわ。今後の方針をそろそろ決めないといけないの」

「そうですか。ボクは他の予定があるので参加できませんが、皆さんにもよろしくお伝えください」

「ええ、そうするわ」

国王も多忙ね。一つのことだけに集中できたら、きっと今よりずっと楽だったでしょう。

私は彼に背を向けて、部屋から立ち去ろうとする。

ふと、思い出して立ち止まる。

「セレネさん？」

「そういえば伝言を忘れていたわ」

「伝言？」

「勝手に死のうとするんじゃない」

「——！　それって……」

私は立ち止まったまま振り返り、ちょっぴり意地悪な笑みを向ける。

「貴方のことが大切な、お人好しの怪物さんの言葉よ。破ったら食べられてしまうかもしれないから注意しなさい」

「——はい」

ユークリスは笑う。

今日見せた中で一番の、心から解放されたような幸福な笑顔を見せてくれた。

その笑顔に満足して、私は部屋を出て行く。

◇◇◇

いつになく多忙な私は、王城内にある別の会議室へと足を運んでいた。

会議室に到着すると、先に待っていた三人の男性の視線が一気に私のほうへと向けられる。

一番最初に反応して、話しかけてくるのは決まって彼だ。

「遅かったじゃないか。俺を待ちぼうけにさせるなんて、やっぱり君は罪な女性だね？　ヴィクセント嬢」

「時間には遅れていないはずよ」

アレクセイ・ワーテル。水の守護者にして、私に求婚してきた面倒くさい男だ。決闘までして盛大に断ったのに、未《ま》だ諦めていないらしい。

「俺は君と一秒でも長く会いたかったのさ」

「そう。私は一秒でも早く話したくないわよ」

「つれないことを言うじゃないか。そんなに拒絶されると、さすがの俺でも傷ついてしまうよ？」

「ふふっ、そんな程度で傷心するほど、貴方の精神は弱くないでしょう？」

もしそうなら、あの決闘で完全に心は折れていたはずだ。少なくとも今みたいに、変わらず私の前で格好つけたセリフなんて言えやしない。

アレクセイはニヤリと笑みを浮かべる。

「よくわかっているじゃないか。以心伝心、というものかな？」

「そんなわけないでしょ。遊びたいだけなら帰るわよ」

「それは困る。セレネ・ヴィクセント。会議には貴女の意見も必要になる」

「もちろんわかっているわ。ボーテン卿《きょう》」

冗談で帰ろうとした私を本気で引き留めたのは、大地の守護者であるゴルドフ・ボーテン。守護者最強の戦闘能力を誇る彼は、鋭き刃《やいば》であり、鉄壁の防壁でもある。

もしもディルが協力者になってくれなければ、彼の異能を回収することは困難だった。

彼とは以前、シオリアとの一件で一時的に対立してしまい、今も少しだけ顔を合わせるのが気まずい。

ゴルドフもそう思っているはずだけど、今回のような会議ではそういった素振りは見せない。相変わらず職務には私情を持ち込まない。

隣でだらーんとしている彼とは大違いね。

「あのさぁ、早く進めて早く終わらせようよ〜」

大気の守護者、ロレンス・シロエ。自由気ままに生きている彼は、こういった堅苦しい集まりの場がとても苦手な様子だ。

早く帰りたいという気持ちが全身からあふれ出ている。

「というか、僕なんていなくても話し合いはできるよね？　帰ってもいいかなぁ」

「ダメにきまっているだろう」

ゴルドフが深いため息をこぼす。

「お前の能力は索敵、捜索に一番向いている。復活した魔獣探しに一番適しているのはお前だということを忘れるな」

「うぅ……そんなこと言われたって、手がかりもなしに探せるほど器用じゃないよ?」

「そのための情報交換を今からする」

そう、ゴルドフの言う通り、私たちが集まったのは情報交換のためだった。

最初の王と守護者たちが討伐した六体の魔獣。セラフ、ヴィクトル、ハリスト、ラファイ、ルフス、アギア……残るは二体のみ。

ゴルドフがテーブルの上に騎士団の調査資料を広げて言う。

「魔獣ラファイとルフス。この二体について騎士団でも調査中だが、今のところ有力な情報は摑めていない」

「騎士団の手は世界各地に届く。それでも一切有力な情報を得られないとは、中々隠れるのが上手なようだね」

「実はもう復活していないとかじゃないんですか? 倒した四体で終わりだったとか」

「それはありえないわ。六体のうち四体が、同じ時期に復活して私たちの前に姿を現したのよ? 残る二体も復活していると考えたほうが妥当よ」

「セレネ・ヴィクセントの言う通りだ。サボりたいがためにテキトーなことを言うな」

「うっ、ごめんなさい」

相変わらずロレンスは、ゴルドフには頭が上がらないみたいだ。この二人の明確な力関係は、一体いつどこの段階で生まれたのだろうか。

少しだけ興味があるから、時間を見つけてロレンスに聞いてみよう。

ちょっと脅せば簡単に答えてくれるはずだ。

「な、何か身の危険を感じるんだけど……」

「気のせいよ」

こういう勘のいいところは厄介ね。大気の守護者の力かしら。

ゴルドフは話を区切るように咳《せき》ばらいを一回して、改めて調査資料を見ながら説明する。

「今後も調査は続ける。だが、ここまで見つからないのであれば、明けの雫《しずく》のように組織だって行動している可能性は極めて低い」

「彼らはよく目立っていたね。目的は、王国政府の打倒だったかな?」

「そうだ。これまで発覚した魔獣たちは、明確に王国へ……というより、我々守護者に対して敵意を向けている。先の暗殺者は陛下を狙った。ならば残る二体も同じく、我々や陛下の命を狙っているに違いない」

「それはそうね。魔獣は守護者を憎んでいる。守護者を殺せば、自分たちは好き勝手に暴れることができると知っているもの」

「めんどくさいなぁ。早くなんとかしないと、安心して旅もできないよ」

「そもそも守護者は王を守るために存在している。有事の際以外でも、王の下を離れ、好き勝手に旅をしているなどありえないことだ」

と、ゴルドフはちょっぴり不機嫌にロレンスへと視線を向ける。ロレンスはわかりやすく視線を逸らし、なんのことですかーという表情を見せていた。

ゴルドフは深く、もう一度ため息をこぼす。

「はぁ……ともかく、奴《やつ》らの狙いは明白だ。ここまで探して見つからないのであれば、シオリア・ヴィクセントの時と同様に、もっと近くに入り込んでいる可能性も考えるべきだろう」

「俺たちの身近に、とっくの昔から魔獣がいるということか。あまり気分のいい話ではないね」

「じゃあ怪しい人がいたら拘束しちゃおう！　そのほうが手っ取り早いでしょ！」

「奇遇ね。貴方と同じ意見だわ」

「あまり好戦的なのも困る。ここまで巧妙に痕跡を残していない。何かしらの手段で罠《わな》を仕掛けている可能性も考えたほうがいい」

「ならばどうする？　この城、もしくは王都中の人間を調べるか？　途方もない。民衆の不安を煽《あお》るだけになると思うよ」

ゴルドフは提案する。

一先《ひとま》ず現状でとれる策はすでに実行している。もっとも狙われる可能性の高い国王を護衛し、有事の際は駆けつけられるように準備しておくこと。

並行して騎士団は、各地で聞き込みや調査を続けるという。つまり、現状特にやれることはなく、魔獣が尻尾を出すのを待つしかないということだった。

非常にもどかしいけれど、これ以上にやれることはなかった。

「私は今後も独自の方法で捜査を進めるわ。いいわね？」

「構わない。有力な情報があったら共有してくれるのであれば」

「もちろんよ」

口ではそう言いながら、彼らに出し抜かれるわけにはいかない私は、内心では誰よりも早く魔獣の痕跡を見つけなければと考えていた。

今も日に何度か、王都中に自身の影を広げることで怪しい動きがないか捜索している。かなり大変だけど、この方法が一番手っ取り早かった。

しかし結局、今のところそれらしい動きや痕跡は摑めていない。

「どこに隠れているのかしら」

◇◇◇

会議を終えた私は、本来ならばそのまま帰宅するところを、世界最大の大森林へと足を踏み入れていた。

「ここへ来るのも久しぶりね」

森の守護者ミストリア・フルシュが住んでいる大森林。この森は彼女が管理し、彼女の異能によって守られている特別な場所だ。

ここで暮らす動物たちは皆、彼女の意識と通じている。

部外者である私を、以前と同じように狼《おおかみ》が案内してくれていた。

「忠犬ね、貴方たちは」

狼に案内されて屋敷へとやってくる。屋敷には人の気配はなく、出迎えてくれる使用人の姿も、フルシュ本人もいない。

すでに私は、彼女の秘密を知っていた。

それ故に、わざわざ出迎えることもなかったのだろう。私は一人、以前に案内してもらった道を進んで、彼女の元へと向かう。

そこは、フルシュ家でもごく一部の人間しか知らない場所。本物のミストリア・フルシュが眠っている場所だった。

「よく来てくれたわ。ヴィクセントさん」

「招待しておいて、出迎えもないなんて失礼じゃないかしら?」

「ごめんなさい。本当は私から出向くつもりだったのだけど、少し体調がよくないのよ」

「……そう。なら責められないわね」

彼女の本体は眠っている。

すでに百四十歳、私の七倍は長生きしているおばあさんが今も眠っている。これこそがフルシュ家が抱える最大の秘密だった。

異能を持つ者が新たに現れず、異能を絶やさないために彼女は自身の力で延命し、今も尚《なお》偽りの新当主を演じている。

しかしそれも……。

「限界が近づいているみたいね」

「ええ。少しずつだけどわかるわ。自分の死が近づいていること」

彼女は異能の力で老いていく肉体をギリギリ延命しているに過ぎない。しかし老いを完全に止めることはできなかった。

故に今も緩やかに、彼女の肉体は死へと向かっている。

私がここで訪れているのは、もしも彼女に何かあった際に、彼女の願いを聞き入れるためだ。

「前に話していた婚約のほうはどうなの？」

「順調に進んでいるわ。ちょうど数日前に、相手の女性が身ごもったと聞いたところよ」

「そう、よかったわね」

「ええ。だからまだ死ねないわ。その子が大きくなって、自分の意志を発せられるようになるまでは、なんとか頑張って生きるつもりでいるの。貴女との約束を果たすために」

「私じゃなくて、貴女自身の約束よ」

「そうね」

彼女は切なげに微笑む。

私の異能は他者の異能を吸収し、どうやら吸収した異能を渡すことも可能らしい。この力を使って、新たに生まれる命に彼女の異能を譲渡する。

そういうことを頼まれて、勝手なことを言わないでと私は断った。

大切なのは異能を絶やさないことじゃない。本人に受け取る意志があるのかどうか。それを確かめもせず、一方的に異能と責任を押し付ける手助けなんて、いくら頼まれたってやるつもりはない。

「頑張って生きなさい。でないと、約束は守れないわよ」

「ええ、ふふっ」

「どうして笑っているの？」

「不思議ね。私に生きなさいと言ってくれるのは、今はもう貴女だけよ」

「そんなことないでしょう？　屋敷に関わっている人間なら、死なれたら困るはずよ」

彼女の人形は首を横に振る。

「みんなとっくに諦めてしまっているわ。だからこの屋敷にいるのも、私が作った人形だけ……」

「薄情ね」

「仕方ないわ。こんな姿を見せられたら、無理に生きろなんて言えないもの」

「そうね。老人に無茶をさせることになる。私は気にしないけど」

「ふふっ、だから貴女に感謝しているわ。おかげで今は、若い頃よりも生きる気力に満ちているもの。こんなにも頑張って生きようとしたことなんてなかったわ」

ミストリアの人形は、眠る自らの頬に触れて優しく微笑む。

しわくちゃになって、目を開けることすらできない。それでもまだ、彼女は生きている。生きようとしている。

どんな理由であれ、百四十年も生き続けた彼女の生には、ちゃんと敬意を表している。

「それはよかったわ」

生に執着するのは悪いことじゃない。みっともないことでもない。

そんなことを言う人間がいるとすれば、その人はきっと命が当たり前に続くと勘違いしているだけだろう。

死を経験したり、終わりが見えている人ほどわかるはずだ。命は平等に与えられ、不平等に失うものだということが。

「子供が生まれたら、貴女にも会わせてあげたいわね」

「遠慮しておくわ」

「あら？　子供は苦手？」

「別にそんなことないわ。ただ……私のことを見たら、子供がきっと泣いてしまうわよ」

私に宿る異能は影の力。

影は光の裏に生まれ、暗く、濃く、恐ろしいものだ。子供にとって暗闇は、それだけで恐怖を煽るだろう。

いうなれば私は、子供たちにとって恐怖の象徴のような存在だ。

新たに生まれてくる命が、恐怖で震えてしまわないように、私は会うべきではないと思った。

すると彼女はクスリと微笑む。

「意外ね。そういうのは気にしないと思っていたわ」

「……」

「きっと平気よ。子供は純粋だもの。大人よりも相手の本質に気づくことがある。貴女の優しさはちゃんと伝わるわ」

「ふっ、だとしたらその子は、きっと将来とんでもないお人好しになるわね」

「ふふっ、そうかもしれないわね」

まったく、日に何度も優しいと言われるのは慣れないし、やっぱり少し恥ずかしい。私は彼女に背を向けて、逃げるように立ち去る。

「また顔を見せてちょうだい。気兼ねなく話せるのは、もう貴女くらいよ」

「気が向いたら来てあげるわ」

「そう、期待しているわ。私にできることは言ってちょうだい」

「ええ、そうするわ」

残る魔獣を見つけ出し、倒すためには彼女の力も必要になるだろう。弱々しく眠る人生の大先輩に負担をかけるのは気が引ける……なんて、今さら思わないけれど。

せめて彼女は生きることに専念できるように、一刻も早く魔獣の問題を解決させよう。

そうしないと私は、余計な気を使ってしまうかもしれない。

◇◇◇

「……はぁ、やっと終わったわ」

全ての予定を終えて帰宅したのは、予定よりも遅い夜だった。夕日はとっくに沈んでしまっていて、丸い月が顔を出している。

屋敷の執務室に戻った私は、テーブルに顔をつけて力を抜いた。

「疲れてるか？」

「見ての通りよ」

「だよな。聞いてみただけだ」

ディルは意地悪に笑いながら、テーブルの上に積まれていた書類を片付ける。

「その書類、まだ終わってないわよ」

「俺が代わりにやっておいた」

「ディルが？」

「ん？　まずかったか？」

「……そんなことないわ」

ちょっぴり驚いてしまっただけだ。予定が終わっても、帰ったら当主としての仕事をしないといけない。そう思っていたから拍子抜けした。

彼なりの親切心か。それとも単に暇だっただけなのかわからないけど、おかげで憂鬱の種が一つなくなってくれたわね。

「ありがとう、助かったわ」

「……」

「どうしたのよ？」

「いや、素直にお礼を言われるとは思ってなかったから」

「貴方は私を何だと思ってるの？」

「そうだな。悪い。最近はわりと素直になってくれたよな」

「……そうね。じゃあ今度から書類仕事は全部ディルに任せていいかしら」

「それは勘弁してくれ」

意地悪には意地悪で返す。苦笑いするディルを見ながら、おかしくて小さく笑った。

今日はいろんな人と話をした。移動も多かったけど、やっぱり他人と関わるのが一番大変だし、神経を削る。

その点……。

「貴方と話しているのが、一番落ち着くわね」

「——本当にどうしたんだ？」

「別に、思ったことを口にしただけよ」

「そうか。まぁ、俺もそうだよ」

「嘘《うそ》が下手ね。私より、弟と一緒のほうが気楽じゃないのかしら？」

「そうでもないさ」

ディルは苦笑いしなら書類を片付け終わり、暗くなって近寄れるようになった窓のほうへと歩み寄り、月を見上げる。

「ユークリスの前だと、頼れる兄でいなきゃって思うからな。変に気を張ってる。お前の前だと、そんなことないのにな」

「それは褒められているのかしら？」

「どっちでもないかな。なんというか、いろいろ濃い経験を二人でしたし、秘密も共有してきた。お互いに、気兼ねなく接する相手にはなったんじゃないかと思うよ」

「……そうね」

認めてしまうのは少し恥ずかしいけれど、彼の言う通りだとも思う。

私たちには秘密が多すぎる。他人には言えないけれど、お互いならば話せる。そういう関係性があるからこそ、他人とは違った距離感があって。

それが次第に、心地いいと思えるようになっていた。

「なぁセレネ、全部が終わったらさ？　旅でもしてみないか？」

「え？　どうして急に？　ロレンスに憧れでもしたの？」

「別に。ただなんとなくそう思ったんだ。いろんな柵《しがらみ》から解放された後、何ができるのかなって考えた時にな」

「旅……ね」

私はヴィクセント家の当主として、この地に縛られている。彼もまた、失った立場と手に入れた力によって束縛されている。

もしも残りの魔獣を討伐して、異能の、過去の秘密を全て知ることができたとしよう。このループから、不死の呪いから解放されることができたなら……。

「いいかもしれないわね。旅をするのも」

「そうだろ？　それで、どこかのどかな場所でも見つけて、家を建ててのんびり暮らすのもありなんじゃないかと……どうかしたか？」

「それ、素で言っているの？　プロポーズみたいよ」

からかうつもりで私はそう言った。すると、思ったよりも驚いた顔をして、ちょっぴり照れくさそうにディルは言う。

「そういうつもりはなかったんだけどな。でもまぁ、せっかくならこの先も、今みたいな関係が続いていると嬉しいよ」

「どうでしょうね。未来のことは誰にもわからないわ」

「ああ、だからこそ期待するんだ」

「そうね」

未来の私たちは一体どこで何をしているだろうか？

もしも宿命から解放されても尚、一緒にいるのだとしたら……その時の私たちの関係は、きっと今よりも――

第一章

王の血筋

人の心には必ず、光と影が存在している。

幸福な感情である光が生まれれば、悲しみ苦しむ影のような暗い感情も生まれてしまう。こればかりはどうしようもない。

人は関わり、生きていくだけで大変なことなのだから。

「影よ——」

私は屋敷の外で目を瞑《つむ》り、自身の能力によって影を広げる。

漆黒の影は瞬く間に広がり、王都全域を侵食するように拡大された。これから反逆を起こすのも悪くない、なんて冗談はやめておこう。

できる限り意識を集中させ、道行く人の気配を辿《たど》り、その中に潜む混沌《こんとん》たる闇を暴き出す。

「……ふぅ」

「どうだった?」

「ダメね。見つからなかったわ」

「そうか」

私は展開していた影を戻し、ディルはガッカリしたように肩の力を抜いた。

今やっていたのは影の異能の応用で、王都全域に不審な人物がいないか。魔獣に身体《からだ》を乗っ取られている人はいないか探索していた。

原初の魔獣は六体存在している。そのうち四体はすでに討伐済みだが、残る二体がどうしても見つけられなかった。

本格的な捜索を騎士団が開始して、すでに一か月以上が経過している。

「不自然だな。少し前まで積極的に動き出していたっていうのに、今はその影もない」

「警戒しているのでしょうね。彼らの意志は繋《つな》がっているのよ」

原初の魔獣たちは、離れていてもお互いの存在を感知できるという。故に彼らは気づいているはずだ。

同胞たる四体の存在が消滅してしまっていることに。残るは自分たちだけだということを知り、慎重になっているのかもしれない。

ただ、そうだとしても……。

「彼らの目的、狙う場所は決まっているわ」

「ああ。俺たち守護者と、一番は王……ユークリスだな」

「ええ。私たちの中心には王の存在があるもの」

彼らは異能を恐れ、忌み嫌っている。かつて自分たちを滅ぼした異能の守護者たち。その子孫である現代の異能者を亡ぼすために、長い年月をかけ復活し、行動を起こし始めた。

しかし彼らの復活は不完全の様子。

それ故に、正攻法で戦いを挑むことはほとんどなく、身内に潜り込んだり、暗殺を企てたり、組織を形成したりと方法を変えている。

残る二体はどこに潜み、どんな方法で私たちに襲い掛かるのか。

月明かりに照らされて、ディルは不安げな表情を見せる。

「ユークリスなら心配いらないわ。アレクセイとゴルドフ、それに星読みが使えるエトワールが護衛を務めているもの」

「わかってる。彼らの力は知っている。その面は信用している。でも、なんだろうな」

彼は月を見上げながら、意味ありげな様子を見せ、呟《つぶや》く。

「胸騒ぎがするんだよ」

「胸騒ぎ?」

「ああ……よくないことが起こる気がする」

「……まったく、本当に心配性ね」

弟のことになると、彼は途端に弱気になることがある。

それだけ心配なのはわかるけれど、あの子だってそこまで弱くはない。いいや、だからこそ心配なのかもしれない。

「あの子は勝手に死んだりしないわよ」

「そこはもう信じてるよ。それでも心配はする」

「だったら一晩中でも、王都の近くで見守ってあげればいいじゃない」

「それだとここを離れることになるだろ？　それじゃお前を守れないじゃないか」

「え……私？」

意外な一言に驚いて、呆《あき》れて屋敷の中に戻ろうとした私は振り返る。

「どうして私なの？」

「お前のことも心配なんだよ」

「意味がわからないわ。私を心配する理由なんてないじゃない」

私は強い。少なくとも、不死身の怪物と戦えるだけの力は持っている。何より、私にはループという繰り返しの能力が備わっている。

能力、というよりは呪いに近いこの現象のせいで、私は何度も死を繰り返していた。

仮に危険が私を襲ったとしても、その影響で死んでしまったとしても……私は完全に滅ぶことはなく、繰り返すだけだ。

そのことを彼は知っているはずなのに。

どうして、そんな真剣な表情で、今みたいなセリフが言えるのだろうか。

「確かにお前は強いし、死んでもまた繰り返すだけだ。だから心配ってのもあるんだよ」

「どういう意味よ」

「お前はユークリス以上に無茶をする。俺とは違う理由で死を恐れていない。でもお前は、俺とは違って死ぬんだよ。俺のように死を拒絶しているわけじゃない。一度死んで、巻き戻る」

「そうね。何度も繰り返してきたわ」

「俺は誰よりも死の痛みを知っている。感覚が麻痺《まひ》して、もう痛みも大して感じない」

「便利な身体ね」

「本当にそう思うか？」

ディルは苦笑いを見せる。皮肉のつもりで口にした言葉だけど、少し皮肉が効きすぎたかもしれないと反省する。

便利な身体、であるはずがない。

彼はそれだけ何度も苦しんで、痛みを感じられないほどに、苦痛を感じ続けてきたという証拠なのだから。

「そういう意味では私は、まだまだ慣れないわね」

「慣れるべきことじゃない。だからそれでいい。その分、君はまだ苦しむことになる。俺はお前に慣れてほしくないんだ。死の感覚に」

「……ディル」

「わかってる。どの口がって思うよ。俺は死ぬために生きてきたからな」

初めて出会った彼は、自分を殺せる存在を探し続けていた。人は皆、最後には死ぬことが決まっている生き物だ。

ただし彼は違った。滅ぶことの許される、死を拒絶する肉体から解放される術《すべ》を探し求めていた。

もっとも彼の場合は、大切な弟に迷惑をかけたくないという思いが根本にあったようだけど。

「でも今は、ちゃんと生きたいと思ってる。死ぬのはずっと先でいい」

死にたがりな二人の兄弟は、互いにもう一度関わり合うことで、生きる希望を見出《みいだ》した。今の彼らは死にたいとは思っていないだろう。

「私も同じよ。死ぬのは最後に、もっとよぼよぼになってからでいいわ」

「ああ、だから無茶させたくない」

「平気よ。無茶だと思うことはしないわ」

「その言葉は信用ならないな」

「失礼ね」

「これでもお前を見てきたからな。その上での心配だってこと、忘れないでいてほしい」

まったく、お人好《よ》しが過ぎると呆れてしまう。

ただ、少しだけ嬉《うれ》しいと思っている自分がいることにも気づいていた。私のことを心から心配してくれる数少ない人間の一人だ。

このループに入ってから、誰よりも一番近くにいて、共に生きるために抗《あらが》い、背中を合わせて戦ってきた戦友であり……共犯者。

もう誰も信じず、誰も頼らないと決めていた私の決意を、簡単に乱してくれた優しい怪物に背を向けて、私は屋敷へと戻っていく。

◇◇◇

トントントン――

当主の部屋をノックする音が聞こえて、私は入室の許可を出す。

「入りなさい」

「失礼いたします」

姿を見せたのは屋敷の執事の一人だった。私は椅子に座り、テーブルの上にある書類と向き合って仕事中だ。

その隣でディルがサポートしてくれている。

「何の用かしら？」

「はい。当主様に、エトワール・ウエルデン様から伝言をお預かりしております」

「――」

私はピクリと反応し、仕事をしていた手を止める。

少し複雑な気持ちになりながら、私は執事に視線を向ける。

「続けて」

「はい。ウエルデン卿《きょう》より、本日の夕刻、お一人でウエルデン家の本宅へ来ていただきたい、とのことでございます」

「……急ね。用件は？」

「それが……お聞きしたのですが、当主様以外にはお話しできないこととしか」

執事は困った表情を見せていた。

私は胸の前で手を組み、どうするべきかを考える。

エトワールから屋敷への招待なんて、婚約をしていた頃でさえほとんどなかった。彼は私を恐れている。

私には自身の異能が通じず、それ故にかつて私を遠ざけようとした。

彼にとって影の異能に目覚めた私は、恐怖の対象の一つになっているはずだ。そんな私と、一人で会いたいというのだから驚かされる。

私は隣に立っているディルに視線を向ける。

貴方はどう思うの、という問いかけの視線に対して、ディルは軽く頷《うなず》いた。

「そう……」

私は執事に視線を戻し、答える。

「わかったわ。時間になったら準備をしてちょうだい」

「かしこまりました。失礼いたします」

執事が当主の部屋から退室し、私たちだけになったところで、ディルが崩れた態度をとる。

「予想外だったな」

「ええ。でも、何かわかったのでしょうね」

「だろうな。俺もそう思う」

皆が魔獣を必死に探しているタイミングで、私一人を呼び出し、それ以外を排除して話がしたいというのだ。

魔獣がらみ、もしくは私のことで何か気づいたのかもしれない。

彼の異能は私を映さない。私自身の未来はもちろん、私が関与してしまった未来は、妨害されるように見えなくなる。

それ故に、彼は私の周囲を取り巻く環境、ディルやユークリスとの関係性を知らない。

そして彼は、誰よりも貴族としての立場や、自分の役割に誇りを持っている。だからこそ、仕えるべき王に対しても非礼はしない。

エトワールはこれまで一度も、ユークリスの未来を見ていない。過去のループでそれを知った時は驚いた。

もしも未来視なんて力があるなら、一番最初に見てみたいと思うものだろう。この国の王が何を考え、何を求めているのかを。

もしかしたら王であるユークリスの未来も見えないのかもしれない。王は全ての異能の原点であり、守護者は王を守るために存在している。

王に危機が訪れたら彼の異能はそれを見抜くに違いない。ただ、子が親の心情をはき違えるように、彼の未来視は王には通じない可能性もある。

その点に関しては、エトワール本人にしかわからない。正直あまり興味もなかった。

もし私の未来が見えたのなら、利用する手はなかっただろう。

「とにかく行ってくるわ」

「俺も途中までは同行しよう。夕刻なら外に出られる」

「いいわ。貴方はここに残りなさい」

「本当に一人で行く気か？」

「勝手しらない場所じゃないもの。それに、エトワールの目的が何にせよ、彼に私をどうこうする力はないわ」

彼の異能はあくまで、未来を見るという力でしかない。彼自身に未来を変える力はなく、戦う力を持たない。

だからこそ、強力な異能に目覚めた私に恐怖していたのだから。

「まぁ、いざとなったら影で逃げられるか」

「そうよ。貴方はこの屋敷で、何かあった時、私の代わりに対応しなさい」

「ソレイユのことだな。それは任せてくれ」

「ええ、頼りにしてるわよ」

「……ふっ」

唐突にディルが笑みをこぼす。

「何よ？」

「いや、本当に最近のお前は素直になったなと思っただけだ」

「……」

「頼りにされるのも悪くないな。その期待に応えられるように頑張るさ」

「そうね。昼間は役立たずなんだから、ちゃんと夜は働いてもらうわよ」

「急に厳しくなるなよ。まぁ、そういう素直じゃないところもお前らしくはあるけどな」

そう言ってディルは悪戯《いたずら》な笑顔を見せる。

私はムスッとしながらテーブルの上の書類に視線を向け、仕事を再開した。

「そういう貴方も、子供っぽくなったわね」

「ん？　そうか？」

「ええ、今だって悪戯をしかられる子供みたいに無邪気だったわよ」

「そこまでじゃないと思うが……慣れたっていうのはある。お前と一緒にいると、なんだか気持ちに余裕ができるんだ」

決して邪魔はせず、終わった書類を整理したり、確認漏れがないかをチェックしたり、元王子とは思えない。

「なんでだろうな」

「知らないわよ」

「怒ってるのか？　からかったつもりじゃないんだが」

「そう見える？　私はいつもこうよ」

「初めて会った頃ならな。最近のお前は、よく笑うようになったよ」

「……」

自分でも無自覚に、表情や態度に変化があったらしい。

思い返せば確かに、笑顔を見せる機会は増えていたかもしれない。不敵に笑うよりも、自然に笑顔が出るなんて……。

◇◇◇

予定の時刻になり、私はウエルデン家の本宅へと訪れていた。私は一人、屋敷を見上げながらぼそりと呟く。

「久しぶりね」

まさか、ここにもう一度足を踏み入れることになるとは思いもしなかった。

かつての婚約者の屋敷。一生関わることはなく、ただの他人に戻った今、私にこの屋敷の敷地に踏み入る資格はない。

そのはずだったのに……。

「はぁ……」

今さらながらに憂鬱《ゆううつ》な気分になる。決して楽しい話をすることはないだろう。

大きなため息をこぼして、私はウエルデン家の屋敷に足を踏み入れた。

中に入ると使用人に声をかけられ、中を案内される。通り過ぎる度、使用人たちは丁寧に頭を下げていた。

彼らもまた、複雑な感情で私を見ていることだろう。

「こちらでエトワール様がお待ちです」

「ありがとう」

部屋の前まで案内されて、ここから先はご自身でと言わんばかりに、案内してくれた使用人は去っていく。

これもエトワールの指示なのだろう。自分たち以外をなるべく排除して話がしたいらしい。

よほどの一大事か、それとも……。

「エトワール、入るわよ」

「――どうぞ」

扉を開けて中に入る。

すぐに彼と目が合った。けれど一瞬で、彼は私から目を逸《そ》らす。

「来てくれて感謝するよ」

「そうかしら？　あまり歓迎されていないように見えるわよ」

「そんなことはない」

嘘《うそ》ばかりだ。

本当は顔を合わせたくなかったという雰囲気が漏れている。無自覚なのか。わかった上でそういう態度をとっているのか。

今さらどちらでもいいし、長話をする気もない。

「用件を言いなさい。私を呼び出した理由はなんなの？」

「……」

逡巡《しゅんじゅん》を見せるエトワールに、私は苛立《いらだ》ちを感じる。自分から呼び出して、二人きりの状況まで作っておいて、今さら何を躊躇《ためら》うのかと。

「いいから話しなさい。話す気がないなら帰るわよ」

「……魔獣の居場所がわかったんだ」

「――！」

苛立って帰ろうかと思っていた私を、エトワールの言葉が引き留める。

私は目を細めて尋ねる。

「本当なの？」

彼は頷き、続ける。

「残り二体のうちの片方だけど、大体の居場所がわかった」

「……意味がわからないわね。どうしてそれを、私にだけ伝えようとしているの？」

魔獣は守護者を中心に、王国の騎士たちも総力を挙げて捜索している。すでに周知の存在である魔獣のことだ。今さら隠すことは何もないだろう。

それなのに、彼は私にだけ伝えるように行動している。それが腑《ふ》に落ちない。

「伝えるよ。他のみんなにも……ただその前に、君に協力してほしいことがある」

「協力？　私個人にかしら？」

「ああ」

「……腑に落ちないことばかりね。それは魔獣に関係していること？」

「その通りだよ。今回の魔獣は、今まで姿を見せた魔獣たちとは系統が違う」

「どういうこと？」

「一人じゃないんだ。魔獣の依代《よりしろ》になっているのは」

「――！」

私は驚いて耳を疑った。

エトワールは続ける。彼が居場所を見つけたのは、残る二体の魔獣の片方、ルフスのほうだった。彼は自身の異能を駆使してこの国、王都、そして王城付近で起こる未来を予知した。その結果、ルフスの存在に気づくことができたそうだ。

「魔獣ルフスは自身の魂を複数に切り分けることができる。その魂を適応する人間に憑依《ひょうい》させ、生かしたまま操っているんだ」

「完全に取り込まれているわけじゃないのね」

「ああ、そこもこれまでとは異なる」

これまで倒した四体の魔獣は、死体を利用しているものか、もしくは生きた人間に憑依し、自我と肉体を完全に乗っ取って操っていた。

空っぽの肉体に魂を注ぎ込む。もしくは魂を融合させて、肉体の主導権を得ていた。しかしルフスは違うようだ。

あくまで憑依しているだけで、魂を融合させているわけでも、死体を利用しているわけでもない。

「それでどうやって操るのよ」

「奴《やつ》に適応するのは、相応の負の感情を持つ者だけなんだ。その負の感情を増幅し、利用しているんだよ」

エトワール曰《いわ》く、他人に対する怒りや恨み、妬《ねた》みといった感情を強く持つ人間に憑依し、その感情を増幅することで、行動を起こさせている。

例えば誰かをひどく恨んではいるけど、理性で怒りを抑えている人間がいたとする。ルフスはそういう人間に憑依し、理性を破壊する。

「だから本人に操られているという自覚はないと思う。あくまで自発的に行動し、それをルフスが後押ししている」

「そういうこと。なら見つけるのは難しかったわね」

これまでの魔獣よりも深く、私たちの生活に潜り込んでいるということになる。星の守護者の異能でなければ、おそらく気づくことはできなかった。

そしてこの時点で私は、すでに答えに近い部分にたどり着こうとしていた。

「なら、憑依されているのは身近な誰かということになるわね」

「そうなる」

「ひょっとして、誰かが死ぬ未来でも見えたのかしら?」

「……」

この反応は図星だ。少なくとも私ではないし、私の周囲の人間でもないとは思うけど……。

「陛下だ」

「――！　まさか……」

「このままでは陛下が死ぬ。ルフスが憑依している人物の一人は――」

衝撃的な発言に、思わず息を呑む。

予想はしていたけど、こればかりは予想外。けれど、考えてみればその人物以上に、ユークリスを殺せる人間はいないだろう。

「それで、私への頼みはユークリスの護衛でいいのね」

「ああ、この件はなるべく速やかに、誰にも悟られずに終わらせたいんだ。そうしなければ、今の王政にひずみが生まれる」

「そういうこと。でもいいのかしら？　私の未来は見えないのでしょう？」

「……その点を含めても、君の能力が適任なんだ」

「私一人じゃ無理ね。今までみたいに倒せばいいというわけじゃないでしょう？」

「対処法はある。太陽の守護者の力。もしくは森の守護者の力なら、本人を傷つけずにルフスだけを追い出すことができる」

そういうことか。その理由もあったから、私に声をかけたのだろう。太陽の守護者は私の妹であるソレイユ。

森の守護者は秘密主義で、普段から人前に顔を出さない。

今から思えば、彼女があまり積極的に関わらない理由は、星読みで自身の秘密がバレてしまうことを恐れているからだろう。

関わる機会を減らしていくことで、星読みをされる可能性を下げることが目的か。星読みが万能ではないことを、彼女も知っているのだろう。

そんな彼女と、私はある意味親しい位置にいる。秘密を共有された唯一でもある。交流があることを知っているから、エトワールは私を指名した。

「わかったわ。やってあげる」

「助かる」

「必要なことだからやるだけよ。その代わり、残りは任せていいのかしら?」

「ああ、すでに他の面々についても所在はわかっている。この後、皆にこの件を伝え、一斉に討伐へ動き出すつもりだ」

「そう」

話は終わり、私はエトワールに背を向ける。

「帰るわ」

「……ああ」

引き留めたりはしない。お互いに、この時間を早く終わらせたいと心の中では思っていた。態度にこそ見せなかったけど、彼の内心は怯《おび》えていたに違いない。

未来が見えない私が、自身のことを快く思っていないだろう私が目の前にいる。何をされるかわからない恐怖は、見えるはずの未来が見えないからこそ大きい。

誰よりも先に幸福も、悲劇も、何もかもを知ってしまえる異能は万能だ。けれど、彼は人生における楽しみの大半を失っている。

その点だけは素直に同情する。

彼も私たちと同じように、望んで手に入れた力ではないのだから。

◇◇◇

「――！　本当なのか？」

「ええ、事実みたいよ」

「……」

帰宅してすぐ、ディルに状況を説明した。

エトワールは他言無用と言っていたけど、ディルにだけは伝えるべきだと思った。何より、彼も関係者の一人だ。

「あまり驚かないのね？　もっと動揺すると思っていたわ」

「驚いているさ。でも、お前が落ち着いているってことは、まだ大丈夫ってことだろ？」

そういうこと。随分と信頼してくれているみたいね。

「私は予定通り、ユークリスの護衛をするわ」

「ああ、それがいい。お前がいてくれたら安心だ」

「そう」

「救う手立てもあるんだろう？」

「ええ。森の守護者、ミストリア・フルシュには先んじて私から伝えてある。協力してくれるそうよ」

「そうか」

彼はホッと胸をなでおろす。

その安堵《あんど》はユークリスに対して、だけではないことは明白だった。本来ならば私ではなく、自分が護衛をしたいはずだ。

「悪いわね。頼まれたのは私で」

「何を言ってるんだ。お前だから安心できる。他の誰よりお前でよかったと思ってるよ」

「……そう、ならいいわ」

「お前のほうこそ、心配なんじゃないのか？」

「私が？　どうして？」

私はキョトンと首を傾《かし》げる。するとディルはやれやれと首を横に振って呆れていた。

「何よ」

「妹のこと」

「別に心配はしていないわ」

「薄情な姉だな」

「昔からそうよ。そうでなくても、心配する理由なんてないわ」

私は指をさす。ディルの顔に。

「貴方が守りなさい。それなら心配する必要もないわ」

「――それもそうか」

「ええ」

おそらくこの世界でもっとも強い男こそが、ここにいる月の守護者ディル・ヴェルトだ。彼の傍《そば》以上に安全な場所はない。

彼がその目を光らせているというだけで、それ以上の安心はないと思っている。

「随分と信頼が厚くなったな」

「信頼は実績の上に成り立つものよ。貴方は実績を積んだわ。ただそれだけよ」

「なるほど、お前らしいな」

「だからって調子に乗ってちゃダメよ？　失敗したら信頼なんて一気になくなるわ」

「わかってるよ。お互いにやるべきことをしよう」

「ええ」

私がユークリスを守り、ディルがソレイユを守る。

役目を定めて、いざ決行に移すまでには時間があった。そうして三日ほど時間が過ぎ、準備を終えて実行に移す。

◇◇◇

「それでは陛下、私は会議がありますので失礼します」

「はい。いつもありがとうございます。皆様にはよろしくお伝えください」

「はい。では」

ユークリスの下から護衛をしていたゴルドフが退席する。

魔獣の存在が明るみになって以降、国王である彼の下には、常に誰かが護衛として傍に控えていた。

彼にとっても久しぶりのことだった。同じ王城の一室であり、外には人がいるとはいえ、同じ空間に誰もいないというのは。

「……少し寂しいですね」

なんて独り言を呟いても、その声が誰かに届くことはない。

久々に感じる孤独を嚙《か》みしめていると、ノックもなしに扉が開く。国王が執務をこなす部屋へ、無許可に入れる人間など限られている。

「入るわよ、ユークリス」

「あ、お姉様」

彼女はユークリスの姉である。同じ王族であれば、多少の不遜も許されるだろう。そうでなくともユークリスの性格上、厳しく注意することはない。

何より、まだ幼いユークリスに代わり、国王としての業務の大半を担っているのは他でもない、彼女なのだから。

彼女は書類の山をテーブルの端に置く。

「確認が終わった書類よ。ここに置いておくから、念のために目を通しておいて」

「はい。いつもありがとうございます」

「……ところで、護衛はどうしたの？」

彼女は部屋の中を見回して、ユークリスしかいないことに気づいていた。

「ゴルドフさんなら、先ほど会議に向かわれたところです」

「そう……不用心ね。魔獣が近くにいるかもしれないというのに」

「皆さんの役割はボクを守ることだけではありませんから。むしろ心苦しいです。ボクを守るために、時間を割いてもらっていることが」

「それが仕事の一つよ。ユークリス、貴方はもっと堂々としているべきよ。この国の王は貴方なの。その力を、資格を持っているのは貴方だけ」

「そうですね。もっと頑張らないといけません」

「どうして……」

「え？」

ユークリスは気づく。

姉の表情が普段と違うことに。その瞳は充血し、怒りや憎しみに囚われた鬼のような顔をしていることに。

「私じゃないのよ！」

「――――！」

彼女は懐からナイフを取り出し、振りかぶってユークリスを刺そうとした。しかし刃は空を貫き、ユークリスが座っていた椅子に刺さる。

「……邪魔をしないでくれる？　セレネ・ヴィクセント」

「セレネさん！」

「危なかったわね。姉弟喧嘩《げんか》にしてはやりすぎよ」

間一髪、というわけでもない。

私はずっと見ていた。気づかれぬように影に潜み、気配を殺して様子を窺《うかが》っていた。こうなることは予測できたから。

「セレネさん！　これは一体どういうことなんですか？」

「長々と説明している暇はないわ。簡潔に言うから理解しなさい」

「は、はい！　お願いします」

この状況で混乱こそしているけど、ちゃんと私の話に耳を傾けている。十二歳という若さで玉座に祭り上げられるだけのことはある。

私やディル以上に、危機的状況への適応力が高い。

「魔獣ルフスが貴方の姉、ギネヴィア・ヴェルトに憑依しているのよ」

「――――！　魔獣が、お姉様に？」

「ええ。だから今、貴方を殺そうとしているのよ」

「そんな、お姉様……」

悲しみに暮れるユークリスの視線の先で、ギネヴィア・ヴェルトは椅子に突き刺さったナイフを引っ張り抜いて私たちのことを睨《にら》む。

「影の守護者……セレネ・ヴィクセント」

「こうして話すのは初めましてね？　ギネヴィア・ヴェルト」

「どうして貴女がここにいるの？　ここは王城、国王の部屋よ？　部外者が勝手に入ってきていいと思っているの？」

「緊急事態だったから仕方がなくよ。それに、王族の許可なら取ってあるわ」

「――わかりやすい嘘ね」

「嘘じゃないわよ。ね？　ユークリス」

私はユークリスに視線を向ける。今回の一件、彼は事情を聞かされていない。伝えずに囮《おとり》役になってもらうために。

そうでなくても、実の姉が魔獣に侵されていると知れば、優しいユークリスはひどく傷つく。普段通りではいられなかっただろう。

だから許可なんて取っていない。ユークリスの許可は。

「兄さんはこのことを……」

「知っているわ。だから私が任されたのよ」

「そう、ですか」

ちょっぴり安心したように目を伏せるユークリスに、ギネヴィアはナイフを投げつける。私は影でナイフを払い、弾《はじ》かれたナイフが床に落ちる。

カランカランと音を立て、直後の静けさを際立たせていた。

「邪魔をしないでと言ったはずよ」

「無理な相談ね。貴女の邪魔をするために私はここにいるのよ」

「……そう、またユークリスなのね」

「お姉様？」

ギネヴィアはユークリスを睨む。

「いつも貴方ばかり選ばれる。私だって王女なのよ？　なのにどうして……どうして私じゃダメなの？　私のほうが優秀なのに！」

「そう、それが貴女が利用された負の感情なのね」

「利用された？　どういう意味ですか？　今のお姉様は一体……」

「魔獣ルフスは魂を切り分けて複数の人間に取りつくことができる。完全に融合するんじゃなくて、当人の負の感情に寄生しているのよ」

操られている、という言い方には少し間違いがある。今の彼女は背中を押されているような状態に近い。

普段から、彼女の奥底にその感情は眠っていた。弟に対する劣等感、同じ王族でありながら、異能の有無で優劣が決まる現実への怒り。

そういうものなのだと。王族の女に生まれてしまったのだから仕方がない、という諦めから、王女としての役割を果たせという責任感で押し殺していた。

「ルフスによって感情の制御が外されてしまっているのよ」

「それじゃあ、お姉様は……完全に乗っ取られているわけじゃないんですね？」

「――そうよ。助ける方法はあるわ」

「よかった」

ユークリスは心から安堵している様子を見せる。

私は驚き、疑問を口に出す。

「何とも思わなかったの？」

「え？」

「今の話、理解できたでしょう？　彼女は操られているわけじゃないわ。ただ、自分の気持ちに正直に行動しているだけよ」

ギネヴィアは実の弟であるユークリスにナイフを向けた。本気で殺そうとしていた。操られていたわけじゃない。つまり、彼女の心の奥底には、ユークリスを殺してしまいたいという感情があったことの証明だ。

理性で押し殺していたとはいえ、兄妹を殺そうとするほどの怒りが眠っていたことを知って、彼は何とも思っていないように見えた。

「恐怖はないの？　悲しいとは感じなかったのかしら？」

「……悲しいとは思いました」

ユークリスはポツリポツリと、姉に対する感情を表す。それを邪魔するように、ギネヴィアはナイフまで走り、拾い上げて再び襲い掛かってくる。

「影よ、捕らえなさい！」

「くっ――この……」

「大人しくしていなさい」

暴れる彼女を簡単に拘束してみせる。魔獣ルフスの能力は、魂の切り分けと憑依。強力な力ではあるが、大きなデメリットがある。

憑依することはできても、完全に操ることができないということ。そして魂を切り分けたことで、一体一体の力は弱い。

他の魔獣のように、自分だけの力で私たち守護者と渡り合うだけの力は持っていない。ここまで慎重に、姿を見せなかった最大の理由は、騙《だま》し討ち以外に私たちを殺す手段がなかったからだ。

千載一遇のチャンスは私によって阻まれた。

正体がバレた時点で終わっている。ナイフなんて、私たち守護者の前では玩具くらいの脅威でしかないのだから。

その時点で、すでにルフスは敗北していた。

「ボクはこれまで一度も、自分が国王に相応《ふさわ》しいなんて思ったことはありません」

「ユークリス……」

「そうね！　貴方よりも私のほうがずっと相応しい！　そうでしょう？」

「はい。そう思います。お姉様」

ユークリスは笑う。決して煽《あお》っているわけでも、姉を侮辱しているわけでもない。彼の笑顔は本物で、その言葉にも嘘はなかった。

ルフスの力で感情が暴れているギネヴィアも、ユークリスの想《おも》いは伝わったのか。呆気《あっけ》にとられたような表情を見せている。

「ボクはただ男に生まれて、運よく異能を授かっただけです。この国に異能者を王とする決まりがなければ、皆さんが王に選んだのはお姉様だったと思います。もしくは……」

きっと今、ユークリスの脳内にはディルの顔が思い浮かんでいることだろう。

自分よりも王に相応しいと思う相手は他にもいる。ユークリスは自分の幼さも、至らなさも理解した上で、玉座に座っていた。

私は十二歳でそこまで割り切っていられることも、十分に凄《すご》いことだと思う。優劣はあっても、ユークリスもしっかりと、王の器を持っていると、私は思う。

「だから、お姉様が憤るのも当然なんです。ボクは至らないことばかりで、たくさん迷惑をかけて、いっぱい支えてもらっています」

ユークリスは姉に近づく。ナイフを握る手を上から、包み込むようにして握る。

「お姉様、ボクみたいに情けない弟のために、毎日頑張ってくれてありがとうございます。ボクはそれが、何より嬉しいです」

「ユー……クリス……」

「お姉様がボクのことを嫌いになっても、ボクはずっと、お姉様のことが大好きです。それは永遠に変わりません」

彼の温かさが伝わったように、怒りに満ちていた彼女の表情が和らぎ、血走っていた瞳からは涙がこぼれ落ちる。

「ごめんなさい……ユークリス……私は……」

「まったく、お人好しにも限度があるわ」

私は呆れながら、拘束したギネヴィアの額に正方形の札を張り付ける。直後、バチッと静電気が走ったような音がして、ギネヴィアの身体から黒いモヤが飛び出す。

「ぐおおおおおおおおおおおおおおおおおおお」

「セレネさん！　これは……」

「あれが本体よ」

どうやら森の守護者の力は、ちゃんと機能してくれたらしい。

◆◆◆

エトワールからの頼みごとをされた直後、私はまっすぐ屋敷には戻らず、森の守護者ミストリア・フルシュが暮らす森に足を運んだ。

夜分の急な押しかけにもかかわらず、彼女は私を奥に通してくれた。

「事情は把握しました。それで、私は何をすればいいのですか？」

「森の異能は、自身の力を他者に流し込むことができると聞いたわ」

「ええ。人には癒やしを、魔獣には苦痛を与えることができます」

「その力を使って、憑依しているルフスを追い出したいの。可能かしら？」

彼らはこれまでの魔獣と異なり、完全に支配されているわけじゃない。ルフスだけを排除できれば、憑依されている人たちも助けられる。

正直、顔も知らない他人のためにそこまでしなくていい、と思わなくもないけれど、うち一人は王族だから、無暗《むやみ》に傷つけたりもできない。

そんなことをすればユークリスは悲しみ、ディルには怒られてしまうだろうから。

「なるべく傷つけずに対処できる方法がほしいのよ」

「そういうことなら、私よりも太陽の守護者、ヴィクセントさんの妹さんにお願いしたほうが早いと思うわ。彼女の力なら」

「ええ、わかっているわ」

太陽の異能には、他人を強化する力がある。異能の力を他者の内側に流し込める。あの力は魔獣にとっては天敵だ。おそらく憑依しているルフスにも有効だろう。

「ソレイユには話せないわ。あの子は嘘が苦手なのよ」

「ヴィクセントさんの妹とは思えないわね」

「本当にそうね」

私なら構わず、気にせずたくさん嘘をつく。けれど、ソレイユは優しすぎるから、相手を騙しておびき出すとか、そういう作戦には不向きだ。

だからユークリスと一緒で、今回の作戦では囮になってもらっている。本人には終わってから説明してあげましょう。

「わかりました。では私の力を付与した札を用意します」

「ありがとう。それを最低でも十枚はほしいわ」

「そこまで分裂しているのね」

「面倒な相手よ」

用件を終えた私は立ち去ろうと背を向ける。

「ヴィクセントさん」

「何かしら？」

「最後の一体は……どこにいるのかしらね」

「さぁ。でも案外、近くにいるかもしれないわね」

今回の話みたいに。

◆◆◆

黒いモヤは大きな顔の形をしている。

「クソがぁ！　こんなものでオレ様がぁ！」

「随分と小物みたいなしゃべり方をするのね、貴方がルフスでしょう？」

「くっ、お前がアギアたちを倒した影の……くそっ、油断した。だが残念だったな！　切り分けた魂はまだ他にもある！　これで終わりだと思うな！」

「いいえ、もう終わりよ」

「――！」

ルフスのモヤが表情を変える。私なニヤリと不敵な笑みを浮かべた。

「気づいたわね？　魂の片割れが、次々に消されていることに」

「馬鹿な！　なぜ急に……」

「意外と優秀なのよ。私の元婚約者は」

「――星の守護者の異能！　ちくしょう！　こうもあっさりと……」

一人でも居場所がバレてしまったことが、ルフス最大の敗因と言えるだろう。きっかけさえ与えなければ、エトワールも気づかなかった。

しかし一人を知り、ルフスの存在に気づいたことで、彼は未来視の力を駆使し、残る九つの魂を見つけ出している。

星の異能の力は万能ではない。未来までの時間、分岐、範囲や条件、様々な理由から見ることができる未来にも限りはある。

おそらく相当な無茶をしているはずだ。そこに関しては、よくやったと褒めてあげてもいい。

今頃は屋敷で休んでいる頃かしら。

「もう終わりよ。人の弱みに付け込むだけの、醜い魔獣だったわね」

私は影でルフスのモヤを突き刺す。

「ぐ……か……まだ、終わりじゃないぞ……」

「終わりよ。貴方は今日、ここで消えるのだから」

「オレ様は……な。最後の同胞、ラファイの居場所を教えてやるよ」

「――！　何を――」

ルフスの揺らめくモヤが形を変えて、まるで指をさすように伸びる。私の横を通り過ぎて、姉のことを心配する優しい少年の顔を。

「そこにいるぜ、ラファイは」

「え――」

「何を言っているの？　そんなことあるわけが――」

タイミングが悪かった。

その瞬間、全ての魂が消滅したのだろう。そして本体はおそらく、ギネヴィアに憑依していた目の前のルフスだ。

魔獣を倒したことで、その場にいた私の中に、過去の記憶が流れ込んでくる。知りたかった過去の記憶、けれど今一番知りたいのは――

ここにある現実だ。

第二章　さようなら

六人の守護者たちによって、月の守護者の暗殺計画は実行された。結果的に、暗殺そのものは失敗してしまったものの、月の守護者が死を望んだことで決着した。

王は兄のことが、兄は弟のことが何よりも大切で、かけがえのない存在だった。

月の守護者は自身の存在こそが争いを生み、尊き王に迷惑をかけてしまうならば、自分なんて存在しないほうがいいと考えた。

そうして本気の願いは聞き入れられ、月の守護者は命を消費する。

半身にも等しい兄を失ったことで、王は悲しみ、そして怒った。

こんな最悪な運命などありえない。あってはならない。守護者たちが、兄が自らの死を望んでいたとしても、自分は決して認めない。

妹だって殺された。否《いな》、姉妹で殺し合った。


――巻き戻れ。

国王は願った。

激流のような感情が王の力に流れ込み、力の器は満タンになって発現される。王の異能とは、強き願いを現実にすることだった。


こうして世界は巻き戻った。

月の守護者と影の守護者、二人が死んでしまう前の世界へと。王の激しい感情は、世界にすら影響を与えるほど強力だったのだ。

巻き戻った世界で、未来の悲劇を知っているのは国王である弟、ただ一人だけ。このまま順調に時間が進めば、再び悲劇は起こってしまう。

故に、王は兄に全てを話した。

自身に宿る力の神髄、その力によって時間すら巻き戻ってしまうことを。そして、未来で守護者たちが対立し、月と影の守護者は命を落としてしまうことを。

荒唐無稽な話ではあったが、王の言葉には説得力が籠《こ》もっていた。

何より、この世界には異能と呼ばれる理屈では説明できない力が存在している。

月の守護者は、必死に説明する弟の言葉を信じることにした。

「兄さん、一緒に逃げましょう」

王は兄の服を摑《つか》んで離さない。兄は弟に問いかける。

「どこへ?」

「どこへでも、です。ここにいたら殺される。兄さんも、ボクも不幸になってしまう」

「……逃げたら、幸福になれるのか？」

「こんな場所にいるよりはずっとマシです」

王が王である限り、月の守護者として共にある限り、負の連鎖は止められないと王は諦めてしまっていた。

王であることを捨て、この国から、この場所から逃げることで、穏やかではなくとも歳《とし》をとって老いていくことができるのなら……と。

王は必死に月の守護者を説得しようとした。

だが、月の守護者は首を横に振る。

「逃げたところで無意味だ」

「どうして？」

「わかるはずだ。俺たちの中にはもう、この力が宿ってしまっている。人ならざる身であり、責任と期待を背負っている」

「それは……」

「たとえ逃げても、運命は必ず追いつくだろう」

弟が語った未来の話を聞いたことで、月の守護者は気づいていた。どこまで逃げようとも、この世界にいる限り、自身に力が宿っている限り、幸せなど訪れない。

王の力の源は、人々の願いなのだから。

人々が願い続ける限り、自分も、弟も、その願いに翻弄《ほんろう》され続けることになるだろう。

「それじゃ、ボクたちはずっと……」

人々の願いを叶《かな》えるための道化なのだろうか。

王は涙を流す。果たして人々は知っているだろうか。王が涙を流し、苦しんでいることを。知っていたなら、願いを変えるだろうか。

否、そんなことはありえない。誰だって、自分の幸福のほうが大事なのだから。

ならば一生、彼らは人々の願いに押し潰《つぶ》されてしまうのだろうか。それも、否である。

「方法ならある。この呪いのような連鎖を断ち切る……お前が幸せになれる方法が」

「幸せに……なれるんですか？」

「ああ、なれる」

月の守護者は気づいていた。

弟の話から、未来の自分が願いを叶えたことを。不死身の肉体が故に死ぬことはできず、自らの意志によってしか終わりがない肉体。

異能を終わらせることができるのは、同じく異能のみである。つまり、月の守護者の中にも宿っている。

王の異能と同じ、願いを叶える異能が……。

月と影の守護者だけは、王自身の願いによって誕生した。故に、他の六人の守護者よりも近く、確かな繋《つな》がりが王との間に存在している。

六人の守護者たちにはない。王としての力の可能性が、月と影の中にはあった。

その力の発現をもってして、未来の月の守護者は終わりを摑《つか》み取った。そう、本気で願うことで実現したのである。

ならば、同じように今の自分が、本気で何かを願ったのなら。王の力によって実現することができるのならば……。

「俺に任せろ。お前は、幸せになっていいんだ」

この時すでに、月の守護者は願いを決めていた。覚悟すら決めてしまっていた。王である弟の幸福を摑むため、未来を手に入れるために、全てを捨てる覚悟を。

そして——

月の守護者は本物の怪物になった。

文字通りに怪物、人としての存在を捨て、ただの魔獣に成り下がった。

王は理解できなかった。どうして月の守護者がそうなってしまったのか。だが、理解するよりも早く現実は押し寄せてくる。

人類の敵となってしまった月の守護者は、もはや人々にとっても恐怖の対象になっていた。守護者だけではなく、多くの人々が月の守護者の打倒に賛同して、人々の心は一致団結し、くだらない権力争いも、一時的になくなった。

王は少しずつ理解していく。

兄が何を望み、何のために怪物になってしまったのか。

「ボクの……ために？」

守護者たちを主導に、怪物となった月の守護者の討伐作戦が実行される。もはや王がどれだけ願おうとも、人々の願いは一致してしまっていた。

だが、守護者たちはこの戦いに敗北することとなった。

怪物となり、圧倒的な強さを手に入れてしまった月の守護者を前に、異能を持つだけの人間ではまったく歯が立たなかった。

一人、また一人と殺されていく。

やがて六人の守護者は全員命を落とし、最後に残ったのは……同じ運命をたどるはずだった妹、影の守護者だけだった。

「お兄様、どうして貴方は……怪物になってしまったのですか？」

「……」

「怪物となったのに、どうして私だけは、殺さないのですか？」

「……お前にしか、頼めないことがある」

怪物となり、理性も失ったかに思えた月の守護者だったが、心と意思はそのままで、決して完全な怪物になっていたわけではなかった。

彼は自らの意志で怪物となり、守護者たちを殺した。

後に彼らの存在が、王である弟を苦しめることを知っていたからである。殺すことで、無用な権力争いに巻き込まれるのを防ぎたかった。

その目的は達成されて、彼の願いはいよいよ次の段階へと移行する。

「俺を殺してほしい」

と、実の妹である影の守護者に懇願した。

影の守護者はぴくりとも驚かずに、ただ黙って兄の言葉に耳を傾けていた。

「誰も俺を殺すことはできない。だが、お前だけは例外だ。お前の中にも、俺と同じように願いを叶える力が眠っている。王と違い、一度きりだが……」

「願いを……その力で、お兄様を」

「ああ、殺してほしい。不死身の怪物となったこの身を滅ぼせるのは、願いの力ただ一つ」

「お兄様は最初から滅ぶつもりだったのですね？　悪しき存在として広まり、私や王を英雄にするために戦ったのですね」

月の守護者は答えない。その沈黙こそが答えである。

権力に溺《おぼ》れる守護者たちを全て消し、影の守護者の願いによって消滅することで、彼の本当の願いは完遂される。

彼が願うのは弟の幸福。そして、同じように苦しんでいた妹、影の守護者もまた、救おうとしていたのだった。

そのことに気づいた影の守護者は、ずっと堪《こら》えていた涙を見せる。

「さぁ、早く殺してくれ。いつまでも怪物と話していたら、お前まで怪物になってしまうぞ」

「……それでも構いません」

影の守護者は願いを決めて、影で月の守護者を包み込む。しかし、包み込むのは月の守護者だけではなく、自分自身も含まれていた。

「お兄様……私も、疲れてしまいました」

「……そうか」

影の守護者が願ったのは、ここで兄と共に消えていくことだった。彼女も疲れてしまっていた。無駄な権力争いに、人々から向けられる畏怖と憐《あわ》れみの視線に。

「誰も……私を愛してはくれませんでした」

「俺もだよ」

二人は抱きしめ合う。共に孤独を知り、世界に馴染《なじ》めないことを自覚し、それでも希望はあるのだと思い続けてきた者同士、通じ合うものがあった。

弟だけではない、妹だけではない。彼らもまた、兄妹であることを再認識して、互いの孤独を分かち合うことができた。


こうして、月の守護者という怪物は消滅した。影の守護者の願いによって。

彼は影の異能で取り込まれ消滅している。結果、世界から月の守護者という存在そのものが消滅してしまった。

否、ここまでが彼の考えていたシナリオであり、真の願いだった。

優しい弟は、自らの幸福のために兄が命を落としたと知れば、悲しみに暮れてしまうことは明白だった。

後を追うように、命を絶ってしまうかもしれない。それでは願いは叶わない。

だから月の守護者は、世界から己の痕跡を全て抹消することで、最初からいなかったことにすることで、弟が孤独を感じなくてもいいようにと願ったのだった。

しかし、たった一人の願いだけで、そこまで世界に影響を与えることは難しかった。それを実現したのは、もう一人の願いの力。

影の守護者は、月の守護者の願いに連動した。

共に死に、月の守護者の願いがちゃんと叶うことを願ったのだった。

そうして一人の願いは、二人分の願いとなって、世界に奇跡とも呼べる変革をもたらした。

彼らの願いは、叶ったのだった。

◆◆◆

私の中に過去の記憶が流れ込んできた。

そうして理解する。

「……そう。そういうことだったのね」

この瞬間、私はようやく自身に起こっているループの正体にたどり着いた。自分の胸に手を当て、その奥に眠る力を意識する。

かつての月の守護者がそうしたように、影の守護者が願ったように、私も願っていたんだ。


――このまま死ぬなんて嫌だ。


きっと、最初の死を迎えた瞬間に、私は心の底から否定した。悲劇的な最期を、このまま終わってたまるかと願ったんだ。

私たちは六家の異能と違い、王の願いによって生まれた存在だ。

それ故に、私たちの中にもほんの少しだけ、たった一回だけ願いを叶える王の力が流れている。

過去の月の守護者はその力に気づき、一度目は不死を拒絶し、二度目は人々の敵として、怪物になる道を選んだ。

「影の守護者も、共に死ぬことで月の守護者の願いを後押ししたのね」

私は胸に触れていた手を力いっぱいに握る。

ループの謎《なぞ》は解けた。この力は、私自身が望んで手に入れてしまったものだと。

ディルも同じなのだろう。彼の場合は、世界からの存在の消滅だった。かつての月の守護者が望んだものと同じ。

皮肉にも二人の月の守護者が願った理由が重なったことに、私は運命を感じずにはいられない。

「昔も今も、月の守護者はお人好《よ》しばかりなのかしら」

呆《あき》れるほどに、他人のことばかり考えている。

ディルはきっと、自分がいることでユークリスを苦しめてしまうと考えた。比喩ではなく、本気でそう思ったのだろう。

強い願いは、内に眠る王の願いによって現実となる。そのことを知らぬまま、ディルは心の奥底で願ってしまった。

ユークリスの邪魔になるくらいなら、自分はいなくてもいい、と。

かつては影の守護者の助けがあって実現した存在の消滅も、それ単体だけを望むならば、彼一人の力だけで成立してしまった。

そうして、かつての月の守護者と同じように、世界から存在が消滅された。

だからこそ、現代には月の守護者の存在が知られていない。王族だけが知っていたのは、願いが不完全だったからか。もしくは……。

いいや、今はそれよりも、考えなければいけないことがある。

魔獣ルフスが死に際に残した言葉。


——そこにいるぜ、ラファイは！

指で指示したのは、現代の幼き国王、ユークリス・ヴェルトだった。

「ユークリス……」

「ボク……中に……魔獣がいる？」

彼は震えながら汗を流し、自身の両手を見つめていた。

私とは違い、魔獣を倒したことで得られる情報には、かつての国王の感情を含む。ユークリスだけにしか見えていないものがある。

それを聞きたかったけれど、そんな状況でもないことは明らかだった。

彼は見るからに動揺している。未《いま》だかつて見たことがないほど、汗を流していた。

「何かの間違いよ。ルフスが私たちの心を乱すためについた嘘《うそ》の可能性が高いわ」

「……」

「ルフスの討伐は終わった。一旦《いったん》、他の守護者たちと合流を――」

「それはできません」

「――ユークリス」

部屋から出るために背を向けた私に、ユークリスは手を伸ばし、腕を摑んでいた。震えがこちらにまで伝わってくる。

「セレネさん、ここでボクのことを殺してください」

「……はぁ、三度目ね」

「今までとは違います。そうしないと、ボクのせいでこの国が、世界が崩壊するかもしれないんです！」

「何を言っているの？　まさか、ルフスの戯言《たわごと》を信じる気？」

「……」

随分と混乱しているみたいだった。

無理もない。実の姉がルフスの憑依《ひょうい》対象になっていて、彼女の奥底にあった自身への怒りや妬《ねた》みの感情をぶつけられたのだ。

表面上は平静を装っていても、内面は傷ついているに違いない。国王とはいえ、彼はまだまだ幼い子供なのだから。

「落ち着いて考えなさい。深呼吸でもすればいいわ」

「違うんです。疑いじゃない……これは確信なんです」

「確信？」

ユークリスはこくりと頷《うなず》く。

手足の震えは未だ収まらず、表情もこわばったままだった。

「ルフスの言ったことは……本当です」

「――！　どうしてそう言えるの？　だって貴方は今――」

自我を保っている。

アギア、私の義母であるシオリアの時は、二人の意識が混じり合い、彼女の奥底にあった負の感情を利用して、アギアが肉体を支配していた。

ルフスの時のように後押しするだけではなくて、肉体の主導権も半分以上、魔獣に奪われた状態だった。

ユークリスは生きている。もしも彼に魔獣が宿っているというのなら、どうして今まで一切表に出てこなかった？

魔獣にとって有利な状況はいくらでもあった。何より、異能者の中心である王の中に侵入できたのなら、この戦いは魔獣の勝利で終わっているはずだ。

少なくとも私には、これまで交わした言葉が、ユークリスではなく魔獣の言葉だったとは思えなかった。

今も……。

「そう思うようになったのは、ルフスを倒して手に入れた記憶の影響かしら？」

「それもあります。ボクたち国王には、願いを叶える力がある。ボクは……願ってしまっていたんです」

「何を？」

「自分さえいなければいい……そう、ずっと前から願っていました」

ディルとユークリスは似た者兄弟だ。どちらも自分自身の幸福よりも、兄妹の幸福を優先してしまっている。

ディルが弟のユークリスのため、自身の存在を世界から消滅させたように、ユークリスもディルのために願っていたのか。

その願いが現実となり、彼の身体《からだ》は――

「魔獣を引き寄せたというの？」

「そうです。ボクの中には魔獣が潜んでいます。今、ハッキリとわかりました。自分の中に、自分ではない者が潜んでいる気配を」

ユークリスは自分の胸に手を当てて宣言した。

未だに私は理解できずにいる。

「じゃあ、今の貴方は誰なの？　ラファイなの？　私にはそう見えないわ」

「ボクはボクです。今、こうして話しているのはボクの意志で間違いありません。でも――うっ、く……」

「ユークリス？」

会話の途中、彼は突然苦しみ始めた。

私を掴んでいた腕を離し、両手で胸を押さえながら悶《もだ》え、フラフラと身体を揺らしている。そうしていくうち、彼の身体から異質な気配が漂う。

「まさか……本当に？」

「はい……ボクの……中には……やっとだぁ！」

「――！」

ユークリスの顔つきが変化した。

優しく可愛《かわい》らしい表情は一変し、瞳は赤く染まり、鋭く吊《つ》り上がっている。まるで別人になってしまったような変化に、思わずゾッとする。

「ようやく、ようやく束縛が緩んでくれたなぁ！　憎き人間の王！」

「貴方が……ラファイなの？」

「その通りだぞ！　八番目の守護者」

「……」

ユークリスの言った通り、彼の中には最後の魔獣ラファイが宿っている。最悪な状況だった。でも、未だにわからない点がある。

今になって正体を現したのなら、今まではどうやってユークリスが自我を保っていたのか。

「たまげたなぁ。こいつの記憶は俺にも共有されている。まさか、忌々《いまいま》しい者同士で殺し合ってくれていたなんてなぁ。愉快愉快！」

「……」

「そう睨《にら》むなよ、影の守護者。お前にこの男が――殺してください！」

「――！　今のは、ユークリス？」

ラファイではない声が聞こえて、思わず呼びかける。

彼は自らの額の左側を押さえ込むように手で触れ、苦しみながら右へ左へとふらつく。

「この、こいつまだ……」

「早くボクのことを殺してください！　セレネさん！」

「ユークリスなのね。貴方はまだ……」

生きている。完全に同化されてしまったわけではない。ユークリスの意志が、魂が、肉体の主導権を奪い返そうと戦っている。

だったら打つ手は一つだけ、予備にと持ってきた森の守護者ミストリアの札が残っている。苦しんでいる間に隙をつき、彼の額に札を貼る。

「出て行きなさい。ラファイ！」

「ぐ、ぐおおおおおおおおおおおおおおおお」

ラファイが苦しみ叫び出す。

ルフスの時と同じような状況ならば、まだ完全に融合していないならば、この札の力でラファイだけを追い出すことができるはずだ。

「これで……」

「おおおおおおおおおおおおお──なんてな」

「──！　そんな……」

ラファイは何食わぬ顔で苦しむのをやめて、額に貼られた札を引きちぎり、握り潰した。

「こんなもんで俺を追い出せるわけないんだよ。わからないのか？　ルフスの奴《やつ》とは違う。俺の魂はすでに、このガキと融合しているんだよ」

「嘘ね。だったらどうして、ユークリスの意志が残っているの？　融合しているなら、取り込んでいるはずでしょう？」

「そこは俺にとっても計算外。王の肉体に入り込めた時点で勝利を確信した。だがここは想像以上に窮屈だ。王の力が、意志が、この俺を縛っていたんだよ」

「セレネさん、今まではボクの意志が無意識に、ラファイを封じ込めていたんです。でも、今になって……」

苦しむユークリスの意志を押しのけて、ラファイがニヤリと笑みを浮かべる。

「限界がきちまったなぁ！　記憶を見たからか？　ルフスの奴に指摘されて、自覚しちまったからか？　お前はもう、完全に俺を抑え込むことはできねーんだよ！」

「ユークリス！」

「お願い……します。セレネさん」

ユークリスは苦しみながら耐えている。意識を完全に奪われてしまわぬように、ラファイの侵略から領地を守るように。

「諦めろ若き王！　お前だって憎んでいるはずだ。こんな世界、なくなってもいいと思った。だからこそ俺を呼び寄せたんだろ！」

自問自答。

彼は内なる存在と対話する。

「そうかも……しれません。昔のボクは弱かった。でも、今は……違います」

「……」

苦しみながら、耐えながら、精一杯に笑おうとしていた。

「この世界には……希望があるんです。兄さんが笑ってくれている……セレネさんの傍《そば》なら、きっと……大丈夫ですから」

「この女に託す気か？　かつてこいつが月の守護者を、兄を殺した張本人だぞ！」

「だからこそ、じゃないですか」

「あん？」

「わかりませんか？　やっぱり魔獣は人ではありませんね。あの記憶を、国王だった人の想《おも》いを見たはずなのに、そんなことを言うなんて」

ユークリスは呆れながら笑みをこぼす。彼の表情の半分は、苛立《いらだ》ちと疑念を露《あら》わにする。

「この状況でどうして笑う？　もう終わりだぞ？　お前も、世界も」

「終わりません……終わるのはボクと、お前だけだ！」

「こいつまだ抵抗を！　無駄に足掻《あが》くんじゃねえ！　抵抗するほど苦痛は増えるだけだ。楽になっちまえよ！」

「セレネさん！」

ユークリスが叫ぶ。苦しみに耐えながら、真剣なまなざしを私に向ける。自然と、私の背筋はピンと伸びていた。

「抑え込むのも……限界なんです。だから、お願いします！」

「ユークリス、貴方は……」

「お願いです！　ひどいことを頼んでいるのはわかっています。ボクのことは恨んでくれて構いません！　でも！　セレネさんにしか頼めない！　じゃないとボクは貴女を、兄さんを不幸にしてしまうんです！」

「邪魔すんじゃねぇ！」

「――――！」

ラファイは背後に異空間に繋がる穴を展開させる。アギアたちと同様に、不完全な復活状態で自身の手足を召喚した。

背後の穴から現れたのは漆黒の翼だった。あれこそがラファイの肉体の一部であり、奴の魔獣としての姿なのだろう。

だが、展開できた穴は一つだけ。羽も片翼だけにとどまり、もう一つの穴を展開しようとしたところで、ユークリスの意志が邪魔をしていた。

「早くしてください！」

「やらせるかよ！」

ラファイは漆黒の翼を羽ばたかせ、舞い散った羽根を自在に操り、私を殺そうとする。咄嗟《とっさ》に影の防壁を生成し逃れるが、攻撃は止《とど》まることがない。

「こいつの前でお前も殺してやるよ！　そうすりゃ完全に心も折れるだろ！」

「セレネさん！」

「っ……」

戦いながら思考を巡らせる。

彼を救い出す方法を模索して、見つからずに頭を抱える。彼らはすでに魂を融合させている状態にある。札が効かなかったことがその証明だ。

アギアたちと同じ状況だとすれば、もはや分離させることは不可能だろう。

殺す以外に助ける方法はなかった。すでに答えは出ている。それでも、私は必死になって別の方法を探していた。

「何か……何か！」

「方法なんてねーんだよ！　諦めて殺されろ！」

「ボクを殺してください！　貴女の未来のために、そして——兄さんのために！」

「ディル……」

彼の顔が脳裏に浮かんだ瞬間、私は立ち止まる。

「セレネさん！」

「死んじまえ！　臓物をぶちまけて！」

「——ごめんなさい」

これは誰に対する謝罪だったのだろうか。ユークリスに対して？

それとも、ディルに対して？

わからない。わかっているのは、目の前の現実だけだ。ぽたぽたと血が流れる。貫かれた腹部にぽっかりと穴が開いた。

まるで、私の心を表しているように。

「ありがとう……ございます」

「……」

私の影は、ユークリスの腹部を貫いていた。

ラファイの核を破壊したことで、最後の記憶が私たちの中に流れ込んでくる。

◆◆◆

世界は平和になった。

怪物となった月の守護者は、最後まで生き残った影の守護者が命をかけて討伐したことで、その脅威は去った。

だが、その事実を知る者はいない。彼らの願いによって、人々の記憶から、世界の記録から、月の守護者の存在は抹消された。

残っているのは、魔獣によってもたらされた恐怖を、七人の守護者を犠牲にすることで回避したという修正された伝説のみである。

月の守護者の存在が消えたことで、世界の認識が修正されて、誰も気づかないままに歴史は変わってしまった。

否、只《ただ》一人だけ、気づいた者がいる。

「兄さん……姉さん……」

そう、たった一人生き残ってしまった悲しき国王だけが、消えてしまった兄と、戦い散った姉の真実を覚えていた。

二人が望んだ世界の修正は、異能を持つ王にだけは作用しなかったのだ。これこそが、彼らが予測できなかった最大の不幸である。

結局、彼らの望みは叶わなかったのだ。

最愛の人々を失ったことで、残された王は孤独になり、悲しみに暮れてしまった。人々は王に期待し、王を英雄に祭り上げた。

そんなことは些細《ささい》なことでしかなく、どうでもよかった。王は再び、願いによって時間を巻き戻し、二人を救おうとした。

しかし、それは叶わなかった。

「どうして……なんで時間が戻らないんですか？」

前回のように時間を戻せば、今度こそ救えると思っていた。

しかし状況が大きく異なる。今、この世界には月の守護者は最初から存在しなかったものとして上書きされてしまった。

死んだのではなく、初めからそんな人間はいなかったというのが世界の認識である。存在しないものを含んだ巻き戻しは、王の力をもってしても不可能だった。

なぜなら王の力は、願いとは、人々の内にある願いを原動力にしているから。彼らが月の守護者を知らぬ時点で、王の願いは拒絶されてしまう。

そして、更なる不運が……予想外が発生する。

ほどなくして、新たに六人の守護者が誕生した。否、最初からいた。

消えてしまった月の守護者の代わりに……というより、存在がすり替わったかのように、死んでしまった守護者たちの家柄から、別の者たちが守護者の異能を宿していた。

歴史は更なる修正をされてしまったのだ。

王の存在と、他の六人の守護者の存在は表裏一体。見えない因果で繋がっており、どちらかが滅んだとしても、完全に滅ばない限りは復活する。

人々は皆、異能によって守護された世界を願い、想像しているのだ。

その力がある限り、この世界から異能が消えることはなく、何度も、何度も、悲劇は繰り返されることになる。

数百年、数千年先の未来まで続く。

この運命こそが、呪いであるように。

◆◆◆

「見え……ましたか？」

「ええ、見たわ」

「……やっぱり、思っていた通りでした……この終わり方が、一番いいんです」

彼はニコリと微笑《ほほえ》む。口から、腹部から大量の血を流しながら、私の膝《ひざ》に頭を乗せて横になった状態で、もはや身体も満足に動かない。

「……死ぬわよ」

「はい。自分が一番……わかっています。もう、痛みも感じなくなりましたから」

「そう……」

「こんな経験を、セレネさんは……兄さんは……何度も繰り返していたんです、ね」

「……そうね」

貫かれた腹部はぽっかりと穴が開いている。もはや助からない。完全な致命傷で、どんな異能を駆使したとしても、彼の命は残り数十秒だろう。

彼の言う通り、私は何度も経験している。

死の瞬間を、その時に何を感じ、何を思うのかも……彼以上に知り尽くしている。

「後悔はないの？」

「ありますよ。たくさん、あります」

「そうでしょうね。こんな終わり方……私だったら死にきれないわ」

だからこそ、私は無意識に死を拒絶し、繰り返すことを望んでしまった。往生際の悪さから、私は自らにループという名の呪いをかけたんだ。

もしもユークリスに私と同じ想いがあるのなら、彼の中にある王の力が、彼の願いを叶えてくれるかもしれない。ループによって、この現実をやり直せるかもしれない。

だけどきっと、彼はそんなことを望まない。

「ボクは……ここまでなんですよ」

「……どうして？」

「わかったんです。ボクがいると、兄さんも、セレネさんも苦しみ続けることになります」

「いなくなれば解決するの？　ディルは甘いわ。甘すぎるのよ」

「そうですね。兄さんはとっても優しいです。だから、ボクが死んだらきっと……悲しんでくれると思います」

「当たり前じゃない」

短い期間の関わりしかなかった私でさえ、ユークリスの死に悲しみを感じている。ディルと同じく、彼もまた、私の秘密を知る人間の一人だった。

知らず知らずのうちに、彼らの存在が私の心を支えていたことに、今なら気づくことができる。私ですら悲しいと思えることを、優しい怪物のディルが思わないはずがない。

「貴方を殺したのは私よ。きっと彼は……私を殺すわ」

「それは、ないですよ」

「どうしてそう言えるの？」

「わかっているじゃないですか。セレネさんだって」

「……そうかもしれないわね」

彼は優しすぎるから、私に対しても本気で殺意を向けることはできない、かもしれない。怒ることはあるだろう。だけど、それ以上先へは進まない気がした。

だからこそ……。

「ディルは苦しむことになるわよ」

「大丈夫……です。今の兄さんには、セレネさんがいます。もう、一人じゃありません」

「私には……何もできないわ」

「ただ、一緒にいるだけでいいんです。それだけで……ボクたちは救われるんです」

「ユークリス」

彼は私の手を、弱々しい血まみれの手で握ってくる。

「ありがとう、ございました。セレネさんのおかげで、ボクはまた……兄さんと話すことができたんです。諦めかけていたのに……夢が叶いました」

「そんなことが……貴方の夢なの？」

「はい。セレネさんが叶えてくれたんです。ボクの夢を……兄さんが生きることに前向きになってくれたのも、セレネさんがいてくれたから、ですよ」

「私は……何もしてないわ」

私がディルに、ユークリスにしたことなんて何一つない。流れで手を貸したことがあるだけで、結局は私自身のための行動に過ぎない。

むしろ、彼らに助けられ、突き動かされたことのほうが多い気すらする。

「そういう謙虚なところも、セレネさんの優しさです」

「優しくなんて……私が、自分が幸せになるためなら、何でもする人間よ。今だって、殺されそうになったから、生きるために貴方を殺したの」

「嘘が……下手ですね。そういうところは、兄さんに似ています」

「……」

「その涙は……優しさの証拠です」

気づかぬうちに、私の頬を水滴が流れ落ちていた。ここは室内で、雨が降るはずもなく、口に届いた時、わずかにしょっぱさを感じる。

「ボクは……セレネさんと出会えて幸せでした。この幸せは、セレネさんに貰《もら》ったものです。だから、お返しします」

彼は最後の力を振り絞るように、震える両手で私の手を優しく、弱々しく握りしめる。その表情は、苦痛など感じさせないほど清々《すがすが》しい笑顔だった。

「セレネさん、どうか幸せになってください」

「ユークリス……」

「他の誰でもない。セレネさん自身の幸せを想像して、そのために生きてください。それが……ボクからセレネさんにお返しできる最後の……願いです」

「私自身の……」

私が望む幸せ。

未来の景色を想像する。目を瞑《つむ》り、思い描く。

平穏な日常、異能や立場に振り回されることもなく、自由に生きている自分。世界を旅するなんてことも悪くないと、誰かが教えてくれた。

私が思い描いた幸福の未来には――

「その未来なら、きっと……兄さんも……」

「ユークリス！」

「お願い……します。どうか、ボクの願いを……叶え……て……」

ユークリスの瞳から光が消えていく。命の終わりを実感し、力なく抜け落ちた手を、離さぬように握りしめる。

「そうね……そうよね」

もはや声も返ってこない。

私の前にあるのは、ここに眠っているのは死体だけだ。話しかけたところで意味はない。失った命は二度と戻らない。

だからこそ、後悔のないように生きるんだ。

「ありがとう、ユークリス。貴方のおかげで……覚悟は決まったわ」

彼の手から、私は異能を吸収する。

ユークリスの肉体にはまだ、王の異能が宿ったままだ。私の影の異能ならば、他人の異能を吸収し、奪うことができる。

それは、王の異能であれ例外ではなかった。

「貴方の願いも、意志も、この力も……」

ユークリスの肉体から温かさが消えていく。正真正銘、魂を失った抜け殻となった肉体は、無機質に天井を見上げていた。

「私が引き継ぐわ」

ユークリスの開いた瞳を、優しく閉じてあげた。少しでも綺麗《きれい》な状態で終われるように。死後の世界なんてものは信じていない。

それでも、もしも死後の世界が存在するとしたら、待っていてほしい。どこかで私のことを、ちゃんと見ていてほしい。

私は涙を拭い、ユークリスの遺体を床に寝かせて立ち上がる。


この時、私の中には記憶が流れ込んでいた。

魔獣を討伐した記憶ではなく、ユークリスが見ていた記憶……そう、かつての国王が何を望み、何を思っていたのか。

おそらくは王の異能に宿っていた記憶なのだろう。

影の力で王の異能を吸収したことで、異能に宿っていた記憶までもが私の中に流れ込んできている。そのおかげで、私は全てを理解した。

「そうね、ええ、それしかないわ」

私は自分に言い聞かせる。

ユークリスの願い、そして……私自身の願いを叶えるための道のりは、今まで経験してきた以上に過酷で、孤独であると理解している。

それでも、それ以外に道はなく、他を選ぶ理由などなかった。

ユークリスに願われたから、だけじゃない。今の私自身が、強く望んでいる未来を勝ち取るためにも……。

「――セレネ！　遅いから心配して……え？」

「ディル」

私は振り返る。

そして、かつての共犯者に――

「ここでお別れよ。さようなら」

別れを告げた。

第三章

窮途末路

駆けつけたディルが状況を把握するまでに要した時間は、わずか二秒ほどだった。

私が遅いから心配してくれたのだろう。もしくは、大切な弟の安否が気がかりで、たまらず駆けつけたのかもしれない。

そうだとしたら、彼の全身を衝撃が駆け抜け、頭が真っ白になったはずだ。

「ユークリス……」

私の横に、大切な弟の死体が転がっている。

大量の血を流し、ピクリとも動かない。触れずとも命亡き抜け殻であることは、彼にも十分に伝わったはずだ。

ユークリスは死に、私だけが生き残っている。

この状況を理解するだけなら、混乱しつつも二秒もあれば可能だっただろう。けれど、彼にはわからないはずだ。

どうしてユークリスが殺されてしまっているのか。ぽっかりと腹に空いた穴は、とてもじゃないがナイフ程度ではつかない傷痕である。

そう、こんな傷痕を残せるとしたら、異能か魔獣の力だけだった。

わからず、疑問を抱くディルに、私は教えてあげる。

「ユークリスは私が殺したわ」

「――！」

そこで倒れているギネヴィアのナイフではない。ギネヴィアに憑依《ひょうい》していたルフスでも、彼の中にいたラファイでもない。

ユークリスの腹を貫いて、命を絶ったのは紛れもない……私だ。

ディルは驚愕《きょうがく》し、言葉を失い、数秒間黙って私のことをじっと見ていた。そしてようやく感情が理解に追いついたらしい。

彼はひどく怖い表情で、私のことを睨《にら》む。

「どういうことだ？　どうしてお前が、ユークリスを殺す？　まさかまた……頼まれたのか？ユークリスに、殺してほしいって」

「違うわ」

私は即答し、首を横に振る。

「殺したのは私自身の意志よ」

「……なんでだ？」

「必要だったからよ」

「必要……？」

「そうよ」

ユークリス、貴方が望んだような未来はきっと訪れない。世界はそんなにも優しくない。

貴方を殺した私に待っているのは、きっと後悔と絶望ばかりだ。それでも、私は覚悟を決めたから。

この道を、自分らしく生きる覚悟を。

そのためなら、私は何度も――

「私の理想を叶《かな》えるためには、あの子を殺すしかなかったのよ」

「――!」

悪役にだってなってやるわ。

誰に嫌われても、疎まれても構わない。この道を進むということは、全てを敵に回すということだとわかっている。

わかった上で、私はとっくに歩き出してしまった。

立ち止まることは許されない。私の理想、幸福にたどり着くまで、私は決して振り向かない。

たとえ、彼と刃《やいば》を交えることになろうとも。

「っ……セレネ!」

激高したディルが自身の肉体から大量の血液を放出し、波をうち、先端を無数の刃のように尖《とが》らせて攻撃してくる。

私も影の面積を広げ、同様に波を作り、先端を鋭利に変形させてディルの血の攻撃を相殺してみせた。

一瞬だけ視界が塞《ふさ》がれたことで、眼前のディルを見失う。

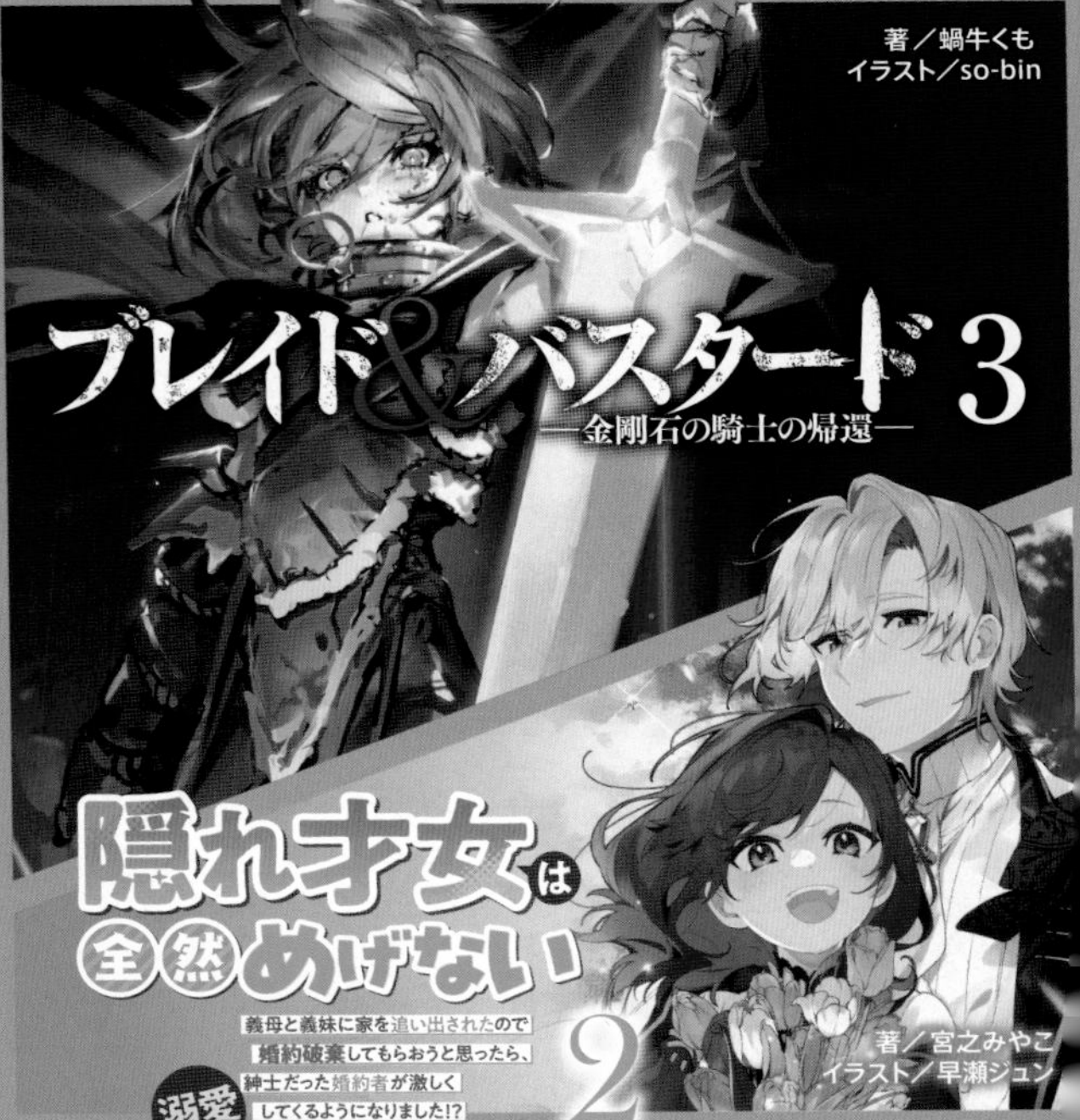
著／蝸牛くも
イラスト／so-bin
ブレイド&バスタード3
―金剛石の騎士の帰還―
隠れ才女は全然めげない
義母と義妹に家を追い出されたので
婚約破棄してもらおうと思ったら、
紳士だった婚約者が激しく
溺愛してくるようになりました!?
2
著／宮之みやこ
イラスト／早瀬ジュン

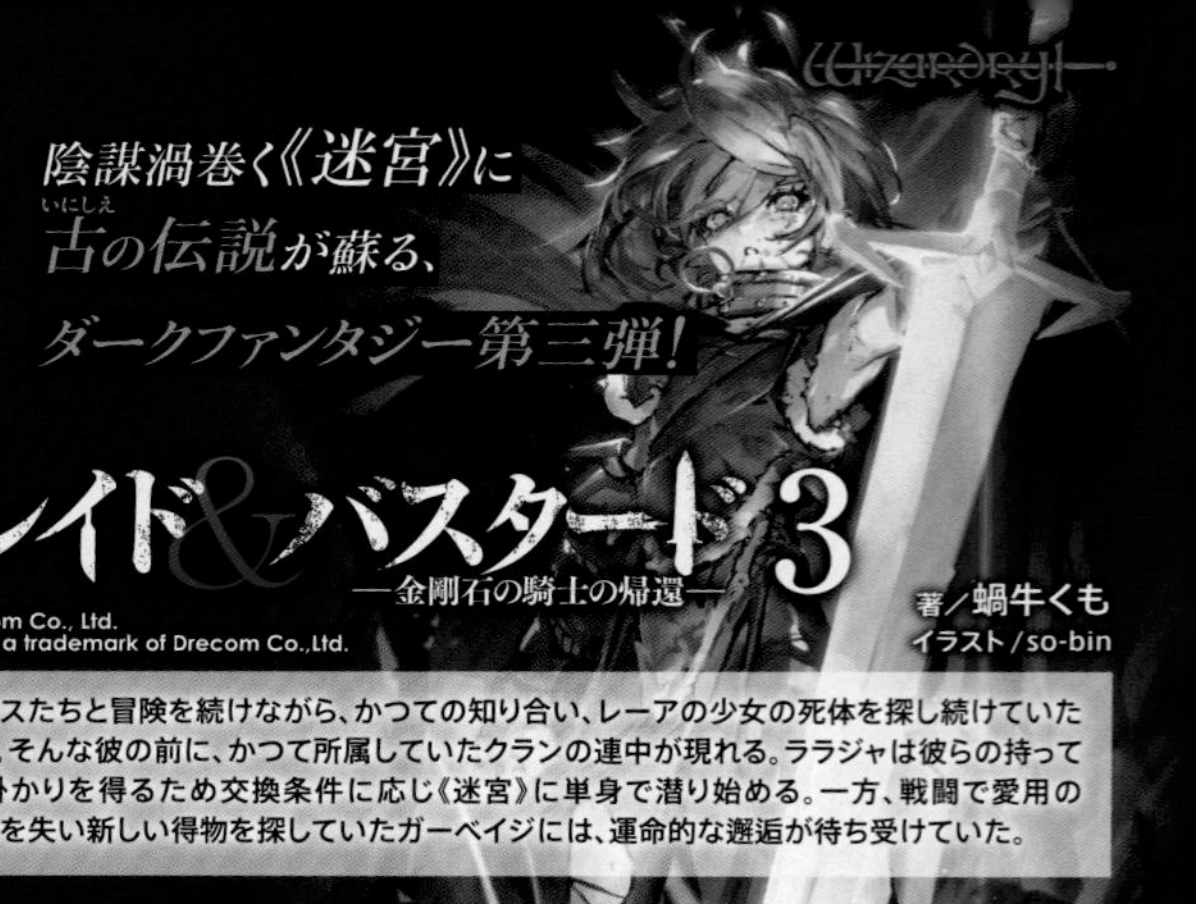

DRE
NOVELS
宰相補佐と黒騎士の契約結婚と離婚とその後
～辺境の地で二人は夫婦をやり直す～
2
すれ違った夫婦が幸せをやり直す、
不器用で甘いラブロマンス
堂々完結
著／高杉なつる　イラスト／赤酢キヱシ
様々な誤解とすれ違いを経て、辺境の地でようやく再び夫婦をやり直すことになったヨシュアとリィナ。そんな幸せな生活が3ヵ月経った頃、原因不明の疫病が発生した村の調査のため、ヨシュアとともに現地に赴くリィナだったが、思わぬ形でヨシュアの元婚約者と出会ってしまい、またしても二人の仲にすれ違いが……。

DRE
NOVELS
ループから抜け出せない悪役令嬢は、諦めて好き勝手生きることに決めました
3
最恐異能×悪役令嬢×
ループファンタジー完結！
著／日之影ソラ　イラスト／輝竜
現在のループに入ってから、共に願いを叶えるため、背中を合わせて戦ってきた戦友であり、共犯者でもあるディルとの別れは突然訪れた。王の異能、影と月の異能の誕生――復活した原初の魔獣を倒すことで、かつて起こった悲劇の歴史に触れ世界の真実に近づいていく中、自ら一人の道を選んだセレネ。彼女の進む道は、過去から現在へと続く呪いを止めるためかそれとも…

気づけばディルは私の側面へと回り込み、血をサーベルのように変形させて斬りかかってくる。

私は咄嗟《とっさ》に影の壁を作り、後ろに跳んで回避した。

「貴方と戦うつもりはないわ。意味がないもの」

「意味？　意味だって？　ユークリスの命には意味があったって言いたいのか？」

「そうよ。王であるあの子を殺して、その力を奪う必要があったの」

「力を……だと？」

「ええ」

私はわざとらしく、芝居がかった口調と態度で、自分の胸に手を当てながら言い放つ。

「あの子の力、ここにあるわ」

「っ――！　セレネ、お前は何がしたいんだ！」

続けてディルが攻撃を仕掛けてくる。怒りに任せて単調な攻撃になっているから、影で壁をいくつも作り、全て届く前に防いで距離を保つ。

ディルの攻撃を華麗に回避しながら、私は彼の問いに答える。

「言ったでしょう？　私は理想を叶えたいの」

「お前の理想とはなんだ？　ループからの解放じゃなかったのか？」

「それもあるわ。でも、今はそれだけじゃないのよ」

「他に何がある？　何のために、ユークリスまで殺して、何を求めているんだ！」

「全てよ。この世の全てを、私は手に入れるの」

「子供みたいなことを！」

漆黒の影と赤い血がぶつかり合う。

意識を失っているギネヴィアと、ユークリスの死体から離れるように、壁を破って隣の部屋へと移動して、私たちは攻撃をぶつけ合う。

「そのためには、ユークリスだけじゃ足りないわ。他の異能、残る六つの力を、この手に収める必要があるわ」

「六つ？　六家の異能か」

「ええ、だから、貴方は関係ないのよ。邪魔をしなければ殺さないであげるわ」

「──ふざけたことを言うなよ。お前に俺が殺せるか？」

「殺すわ。目的のためなら、貴方であろうと容赦はしない」

「セレネ！」

ディルは血の剣を握りしめ、私の眼前から振り下ろす。その剣は影の刃に阻まれて、私に届くことはなく、私たちはひどく近くで見つめ合う。

ディルは何かに気づいたように、大きく目を見開く。

「──！」

「本当に、貴方は甘いわね」

私はディルの血の剣を弾《はじ》き飛ばし、影で彼の身体《からだ》を押し出す。吹き飛ばされたディルは空中で回転し、勢いを殺して着地する。

「セレネ……」

「……」

ユークリス、貴方が言った通り、ディルは優しすぎる。

最愛の弟を殺されたというのに、私に対して本気の殺意を向けることはない。今も、怒りこそ露《あら》わにしているけど、本気で私を殺そうとはしていない。

もしも彼が本気なら、とっくにその刃は私の胸に届いていたはずだ。

彼に殺されるなら、ここで終わるならそれもまた構わないと思っていたけど……。

「残念ね。貴方に私は……殺せないわ」

「セレネ！」

影を部屋全体に展開し、ディルの足元の影を無数の手の形に変形させ、彼の身体を拘束していく。

彼は不死身の肉体を持っている。私の影に取り込んでも、自力で這《は》い出すこともできる。

この世の誰にも、彼を殺すことはできない。彼を殺すことができたのは、彼自身の願いだけだった。

しかしそれも、すでに使用済みである。

「確かに、私にも貴方は殺せないわ。だから、邪魔ができないように遠くへ行きなさい」

「くっ、引き込まれる……」

「無駄よ。貴方の膂力《りょりょく》は学習済み。その影は、貴方じゃ振りほどけない」

「っ、セレネ！」

影の手に拘束されたディルは、そのまま影の中へと引きずり込まれていく。

影の中に幽閉するのではなく、私が移動可能な最大範囲の遠方へ、彼を飛ばしてしまうつもりだ。

私がこれからやりたいことに、彼の存在は邪魔になる。だからどうか、全てに決着がつくまで、遠い場所にいればいい。そこで、私を恨めばいい。

「さようなら、ディル」

「……レネ」

「今度会う時は、私をちゃんと――」

ぽちゃんと、水たまりに何かが落ちるような音がして、ディルは影の中へと完全に消えた。なるべく遠くへ、戻ってくるのに時間がかかる場所へと移動させた。

これでもう、しばらく邪魔者はいなくなった。

私は小さくため息のような深呼吸をして、壊れた壁の向こう側を見つめる。

「本当に、貴方たちはそっくりね。ユークリス」

◇◇◇

幼き国王、ユークリス・ヴェルトが何者かに暗殺された。

この一大ニュースは一瞬にして王城を越えて、王都中に広まり、その外へと拡散することになる……はずだった。

その知らせと同時に、もう一つの大きな出来事が起こる。新たな国王の誕生だ。

その国王に選ばれたのは……。

「セレネ様、本日のご予定ですが、この後に会議がございます」

「ありがとう。準備しておいて」

「かしこまりました」

かつてユークリスが王として座っていた椅子に、今は私が座っている。

私は彼に代わって新たな国王となった。本来ならばありえない。なぜなら私は、王族とは無関係の他人、ヴィクセント家の当主である。

しかし、誰一人として疑問を抱かず、この異常事態を受け入れてしまっている。

「本当に恐ろしいわね、王の力は」

そう、この現象こそが、私がユークリスから奪った王の力による結果だ。

私が新たな国王になっても違和感がなく、最初からそうなることが決まっていたかのように周囲の人々が振る舞う。

誰一人として、ユークリスが、前国王が亡くなられたことに対して言及しない。否《いな》、誰も気づいていないのだ。

ユークリスの死に、玉座がすり替わっていることに。

だから私は恐ろしいと思った。私が願い、それが実現してしまったことに。この程度の認識の改ざんならば、私一人の意志でまかり通ることに。

「よくこんな力が身近にあって、使わずに堪えていたわね。すごいわ、ユークリスは」

やろうと思えば何でもできてしまう力だ。少なくとも、自身の周りで起こる出来事なら、自在にコントロールすることもできただろう。

そうしなかったのか、あるいはユークリス自身が望まなかったからできなかったのか。どちらにしろ、こんな力を宿して、普通の精神状態ではいられない。

改めて、ユークリスのことを尊敬する。十二歳という若さで王となり、人々の期待を、強すぎる異能を手にして、悪王とはならず、純粋なまま成長したことに。

彼が守ったその力を、悪行のために行使することを、どうか許してほしい。

「さて……」

そろそろ時間だろう。

私は椅子から立ち上がり、仕事を途中で切り上げて部屋を出て行く。廊下を歩き、使用人や騎士たちとすれ違う。

当たり前のように、彼らは私が王であると認識している。

「セレネ様」

「ギネヴィアね」

ユークリスの実の姉でさえも、私が肉親であるかのように振る舞っている。

「どちらに行かれるのですか？」

「少し用があるの。玉座の間に行くわ。同行は不要よ」

「かしこまりました」

頭を下げたギネヴィアの横を、私は通り過ぎて行く。昨日までの彼女は、ルフスによって精神を汚染され、ユークリスを殺そうとしていた。

私がユークリスから力を奪い、行使したことで彼女の記憶も改ざんされている。ルフスに憑依されていた頃の記憶はなくなり、弟を殺そうとした事実も消失した。

これで彼女は、今まで通りの生活に戻ることができるはずだ。もっとも、今の彼女が姉妹だと思っている私は、弟を殺した他人なのだけど。

「ごめんなさいね」

私は小さく、ギネヴィアの背中に呟《つぶや》いて歩き去る。

たどり着いたのは玉座の間だ。ここは王が下々の者と謁見《えっけん》するために用意され、無駄に広く、豪華な造りになっている。

ここなら百人以上招待して、ワイワイと宴会を開いても十分なスペースが確保できる。魔獣なんかが暴れたとしても、不便なく戦える広さだ。

「ここなら最適ね」

私は玉座の前に立ち、ゆっくりと座る。まさか、自分がここに座る日が来るなんて夢にも思わなかった。

きっと、他の皆も同じ気持ちだろう。

私が手に入れた王の力は、力なき一般の人々には問題なく作用する。しかし、所詮は私一人の願いから生まれた現象だ。

力を持つ者たちは、世界に生じた違和感に気づくだろう。

そう、彼らは気づいている。

玉座の間の扉がノックもなく、乱暴に開けられた。

「――お姉さま！」

「やっと来たわね。ソレイユ。それに……」

「これはどういうことだ！　セレネ・ヴィクセント！」

「勢ぞろいね」

六家の守護者たちが全員、玉座の間に姿を見せた。

太陽の守護者であり私の妹、ソレイユ・ヴィクセントを筆頭に、騎士団長にして最強、大地の守護者ゴルドフ・ボーテン。

「君には驚かされてばかりだけど、今回ばかりは不自然だね、ヴィクセント嬢」

「不自然なことは一つもないわ」

私に求婚してきたおかしな男、水の守護者アレクセイ・ワーテル。

「なぜ君が、国王になっているんだい？」

「さぁ？　貴方の星読みで見ればいいじゃない。無理なことは知っているけど」

私の元婚約者にして、未来を見据える力を持つ星の守護者、エトワール・ウエルデン。

「前国王、彼はどこにいるのかしら？」

「国王は今も昔も私よ。長年眠りすぎて寝ぼけているのではなくて？」

世代を超え、百四十年の年月を生きる彼女は、こうして話しているのも人形。森の守護者ミストリア・フルシュ。

「君って王族だったの？　初耳なんだけど！」

「知らなかったのかしら？　不勉強ね」

自由奔放に世界各地を旅する異色の存在、大気の守護者ロレンス・シロエ。

王を守るために人々の願いから生まれた守護者たちだけは、王がすり替わってしまった違和感に気づき、疑問を抱くことができる。

こうして集まったのも、真実を確かめるためだろう。

未来視などなくても、皆が私の元に集まってくることはわかっていた。

「どういうことか説明してもらおうか、セレネ・ヴィクセント」

「見ての通りよ、ボーテン卿《きょう》。私は国王、セレネ・ヴェルト。ヴィクセント家の当主は私じゃなくて、ソレイユよ」

「そんなはずありません！　お姉さまはヴィクセント家の当主です！　私のお姉様です」

「そういう夢もあったかもしれないわね。でも残念だけど、私は貴女の姉ではないのよ」

世界の認識では、私はセレネ・ヴェルトであり、最初から王族の一員だった……ということになっている。

違うことを知っているのは、ここにいる六人と……遠くにいる彼だけだろう。

「いい加減控えなさい。ここは玉座の間、貴方たちの前にいるのは国王よ」

「違う。我々が知っている王はユークリス様だ。セレネ・ヴィクセント、我々の国王をどこへ隠した？　王に何をした！」

ゴルドフが叫ぶ。いつになく熱く、鋭い視線を私に向けていた。ゴルドフの叫びに合わせるように、皆の視線が集まる。

私は小さくため息をこぼし、彼らに言い放つ。

「ユークリスはもういないわ。彼は私が殺したもの」

「――！」

「お姉さまが……」

「陛下を殺したというのかい？」

「そうよ、アレクセイ。驚いてもらえたかしら？」

私はニヤリと笑みを浮かべる。驚愕する面々に、できる限り悪役っぽく振る舞い、憎悪を向けてもらうために。

この後の展開は嫌でも予想できる。戦いになったら情けは捨てなければならない。そのためにも、彼らには私を憎んでもらわなくちゃ困る。

特に……。

「わかったかしら？　ソレイユ」

「お姉さま……」

もっと憎みなさい。もっと恨みなさい。私はもう、貴女が知っているセレネじゃない。セレネ・ヴィクセントはあの日、幼き王と共に死んだのよ。

そう、今の私はセレネ・ヴェルト。欲深きこの国の国王だ。

「話は終わったかしら？　これ以上は無礼よ。いい加減、ここを出て行きなさい」

「お姉さま！」

私に近づこうとしたソレイユを、ゴルドフが制止する。

「ゴルドフ様」

「諦めるんだ。彼女はもう、我々が知るセレネ・ヴィクセントではない」

「……」

「セレネ・ヴィクセント。なぜ変わってしまったのか今は問わない。だが、我々の王はあくまでユークリス様だ。我が剣は王に捧《ささ》げしもの。故に……」

ゴルドフは剣を抜き、私に切っ先を向ける。それは明確な敵意であり、世界最強の騎士が持つ圧倒的な威圧感が、私個人に向けられた。

「この場で、我が王の敵を討たせてもらおう」

「貴方では無理よ、ボーテン卿」

「だったら僕たちならどうかな？」

「――！　ロレンス！」

ロレンスは大気を操り、私の頭上に跳び上がっていた。

「よくわからないけど、つまり君は僕たちの敵になっちゃったってことでいいんだよね？」

「そうね。だけど認識が少し違うわ」

頭上からロレンスの風圧が私を襲う。私は影のカーテンを作り、風を四方へ逃がして防ぐ。

「最初から、私は貴方たちの味方じゃないわよ」

「そうだったの？　てっきり僕は、なんだかんだ仲間だと思ってたんだけどなぁ～」

「相変わらずテキトーすぎるわね。そんなだと、悪人と善人の区別もつかないわよ」

「そうでもないさ。意外とわかるんだよ。善悪の判断はね」

風と影が押し合う。周囲を気にしてか、ロレンスは手加減しているように感じる。その甘さが命取りになることを教えよう。

影の範囲をさらに広げて、ロレンスごと包み込もうとした時、ゴルドフが叫ぶ。

「下がれ！」

「え？　うおっと！」

「――！　この力は……」

全身が一気に重たくなる。大地の守護者の異能は、重力すら操ることができる。私の動きが鈍ったところへ、ゴルドフが剣を振り下ろす。

瞬間、私は影の中へ潜って回避する。

「――！　何⁉」

「残念だったわね。その力は一度、見せてもらったわ」

ゴルドフの重力操作を、私はすでに経験している。ディルと彼との戦いを、誰よりも近くで観察したことで、その対処法も見つけていた。

いずれこうなる日が来るんじゃないかと、予感があったからだ。

重力は強くとも、影の中に逃げてしまえば届かない。そして攻撃は、影から押し出される勢いを使って、彼の背後から仕掛ければいい。

今の攻撃は、ゴルドフにとっても渾身《こんしん》の一撃だったはずだ。それ故に、回避されれば大きな隙が生まれる。

守護者の中で最大の戦闘能力を誇る彼を、今この場で処理することができれば、私の理想にも一気に近づく。

「させないよ。ヴィクセント嬢」

「――っ、アレクセイ」

しかし、私の攻撃は水の防壁によって防がれてしまう。影の刃は水に取り込まれて、ゴルドフの背中には届かなかった。

水の守護者アレクセイの異能は、わかりやすく大気にある水を自在に操ることだ。一瞬でも攻撃を防げば、ゴルドフは体勢を整える余裕ができる。

「助力に感謝する！」

彼は振り返り、剣を振るった。

すぐに私は影の中に潜り、玉座の近くまで移動する。ゴルドフの異能、重力操作は彼を中心に円を描いて範囲が広がっている。

戦えないソレイユやミストリアへの影響を考慮して、部屋全体まで範囲を広げることを避けている。

「この辺りが限界かしら?」

「……」

「さすがだね。ヴィクセント嬢。今の攻撃を躱《かわ》すなんて」

「貴方こそやるじゃない。貴方がゴルドフを守るとは思わなかったわ」

「君に手を汚させるわけにはいかないからね。未来の婚約者として」

「まだそんなこと言ってるのね」

私は呆《あき》れてため息をこぼす。

「そんな未来、永遠に訪れないわよ」

「知らないのかい?　未来っていうのは自分の力で掴《つか》むものだよ」

アレクセイは周囲の水を操り、背後に大きな波を生成する。私も対抗するように、影の波を背後に生成する。

「知っているわよ。だからここにいるの」

「なるほど、君も何かと戦っているんだね。だったら、その理由も……勝ったら教えてもらえるのかな?」

「ありえないわ。貴方じゃ私に勝てない。忘れたの?　貴方は私に負けたのよ」

「わかっているさ。だけど、今の俺は一人じゃないよ?」

天井近くにはロレンスが浮かんでいる。眼前にはゴルドフが、剣を構えて私を見据えている。

ミストリアは戦えない。ソレイユも……今は戦えないでしょう。エトワールの未来視は、私が直接関与していれば阻害される。

実質的な脅威となるのは三人だけ……三対一。

状況は私にとって不利……だけど──

「不死身を相手にするよりはずっとマシだわ」

ディルが戻ってくるまで何日かかる？

彼が戻ってきてしまう前に、守護者たちを無力化して、力を奪わなくてはならない。できなければ、今よりも不利な状況になるだろう。

焦りは顔に出さず、密《ひそ》かに胸の内に留《とど》めておく。

「やるべきことは、お互いに一つね」

「セレネ・ヴィクセント」

「君を止めるよ」

「殺されたくないもんね！　仕方ないから僕も頑張ろうかなぁ」

風と大地と水、元素の力が私に襲い掛かる。私は漆黒の影を最大限に広げて、彼ら三人の異能者を相手取る。

わかっていたことだけど、思った以上にギリギリの戦いだ。

特にゴルドフの戦闘能力はディルにも匹敵する。加えて自由で動きが読みづらいロレンスの風と、万能でどんな形にもなれるアレクセイの水。

仮にここから逃げようとしても、この三人を前に背を向ければ一瞬で無力化されてしまう。

一瞬も気が抜けない。せめて一人でも脱落させられたら、形勢は一気に私へと傾くだろう。先に戦えない三人を狙うか？

「させないぞ！」

「っ……」

ゴルドフが私の思惑に感づいて、ミストリアたちに近づくのを邪魔してくる。さすが、この中で一番戦い慣れている。

私が考えることなんてお見通しみたいだ。やはり戦闘において一番の障害はこの男、世界最強の騎士と呼ばれるゴルドフ・ボーテンだ。

彼さえ殺せれば、この戦闘は私の勝利で終わるだろう。

「心外だな。こちらも見てくれないと困る」

「そうだよ！　僕たちだっているんだからね！」

右から水圧、左から風圧が襲い、挟まれて逃げ場がなくなってしまう。ゴルドフばかりに集中していると、他の二人から意識がそがれる。

もっとも警戒すべきはゴルドフというだけで、他の二人が弱いわけじゃない。一人一人が確実に、私を殺すだけの実力を持っている。

「終わりだ。セレネ・ヴィクセント！」

「――！」

終わらせない。なんとしても、私はここで彼らに勝利する。ループなんて二度としない。悲劇は繰り返させない。

今の私が進むこの道こそが、私が求める理想へ続く唯一の道なのだから。

「終わりじゃないわ……ここから始まるのよ！」

「――！　いいや、ここで！」

ゴルドフが重力操作を発動させ、効果範囲を私個人に限定した。もはや風圧と水圧がなくても動けない。

絶体絶命の状況、今までならば死を受け入れ、次のループに期待するだろう。だけど今の私は、生に執着する。

死ねばループし、繰り返すことはできる。それでも、この一回だけは特別だと、しがみついてでも守ろうとする。

その執念がゴルドフの剣筋を乱したのか、わずかに躊躇《ため》らったように見えた。しかし、ゴルドフは剣を止めずに振り下ろす。

「お姉さま！」

「――え？」

剣は胸から腰を斬り裂き、噴水のように血が噴き出る。

私ではない。斬られたのは……。

「ソレイユ？」

「――なっ、ソレイユ・ヴィクセント⁉」

ゴルドフは驚愕し、私も言葉を失った。

彼の攻撃を受けたのは私ではなく、ソレイユのか弱い身体《からだ》だった。彼女はいつの間にか、私の元へ駆けていた。

剣が振り下ろされる直前に、私の前に飛び出して、代わりにゴルドフの剣を受けた。私は見ていた。彼女が一切の躊躇《ちゅうちょ》なく、身を乗り出したことに。

「――っ」

「くっ！」

倒れ込むソレイユを抱きかかえながら、影の面積を広げてゴルドフを吹き飛ばし、アレクセイとロレンスも同時に牽制《けんせい》する。

わずか一瞬の交錯、予想外の出来事によって、玉座の間を静寂が包み込む。

私の腕の中で、ソレイユは痛々しい姿で倒れていた。

「どうして……私を庇《かば》ったの？」

「……お姉さま……怪我《けが》は……」

「怪我をしたのは私じゃないわ。貴女よ、ソレイユ」

胸から腰にかけての斬り傷は深く、肉を抉《えぐ》り、出血量が致命傷であることを物語っていた。そうでなくても、彼女は弱々しい女性なのだ。

ゴルドフの斬撃をその身で受ければ、死ぬことは避けられない。

ソレイユ自身、わかっていたことだろう。わかった上で、彼女は私を庇うために飛び出した。守護者の敵となり、姉妹の立場すら捨てた私のために……。

「どうして？」

「……お姉さまに、死んでほしく……なかったから」

「――！　意味がわからないわ」

「私には……わかっています」

ソレイユは震えながら、弱々しく右手をゆっくりと上げる。意識も朦朧《もうろう》として、身体を動かすことすら困難な状態だ。

私は上げられた彼女の手を握る。ソレイユは優しく握り返す。

「お姉さまは……優しい人です」

「……」

「意味もなく……理由もなく……誰かを、傷つけることは……しない人です」

「そんなこと……」

私は笑う。ソレイユに、悪い人間だと示すように。

「ないわ。私はいつだって、自分のためだけに行動してきた。今も昔もそう……邪魔する人間は、誰であっても容赦しないわ」

私はお父様を見殺しにした。二人の母親も、私が殺したようなものだ。そう、私はいつだって自分を守るために力を振るってきた。

そんな私が優しいはずがない。悪人として、もっと憎まれてしかるべきだ。それなのに、どうして貴女は今も……。

「そんな顔ができるの？　ソレイユ」

「私が……お姉さまの妹で、よかったと思えるから、です」

「ソレイユ……」

「私……いつもお姉さまに迷惑ばかり……かけてしまっていて……だから、最後に少しでも、お姉さまの役に立てたら……」

私の手に伝わる熱が、徐々に薄れていくのがわかる。顔色もどんどん悪くなって、目の光も弱まっていた。

もうすぐ彼女は死ぬ。私やディルとは違って、彼女に次はない。ここで死ねば、彼女の人生は本当に幕を下ろす。そんな時だというのに……彼女は笑顔だった。

「お姉さま……私、役に立てましたか？」

「……そんなわけ、ないでしょ？　迷惑なのよ……ずっと」

「そう、ですか」

本当に迷惑だ。

彼女がもっと私のことを恨んでくれていれば、最初から……姉妹などとは名ばかりで、他人として振る舞ってくれていたら。

こんなにも心を揺さぶられることはなかった。殺すことに、敵対することに、一切の躊躇や後悔もなかったのに。

「ごめんなさい……最期まで……迷惑をかけて……」

「……」

「でも……もし、次があるなら……」

虚《うつ》ろな瞳で、痛みすら感じなくなった身体で、彼女は精一杯に笑う。太陽のように、温かな笑顔を私に向けている。

「また、お姉さまの妹に……生まれても……いい、で……」

「――！　ソレイユ……」

握った手の力が完全に抜けて、瞳孔は開き、瞬《まばた》きもせず、呼吸による動きもなくなって、心臓の鼓動は停止した。

ソレイユ・ヴィクセント……私にとって唯一の家族が、この世を去った。

最後まで笑顔を絶やさずに、死ぬ瞬間まで、私のことを慕いながら……少しも恨まずに。

「――ありがとう」

私は彼女にしか聞こえないほど小さな声で、ソレイユに最後の感謝の言葉を告げた。

ソレイユの遺体は地面に置き、瞳を優しく閉じて、両手は傷を隠すように、胸の前に移動させる。

そうして、私は立ち上がり、残った彼らと向き合う。

奇妙な気まずさが漂う。絶好の機会だったはずなのに、ゴルドフたちは攻撃を仕掛けてこなかった。

私たち姉妹に対する情でも働いたのだろうか。

「これで一人、目的に近づいたわ」

「セレネ・ヴィクセント……」

「感謝するわ。ゴルドフ・ボーテン。おかげで労せず一人を殺せたもの」

「っ――！」

私は影で攻撃を再開する。ゴルドフは重力を発生させ、迫る影の攻撃を鈍化させる。その隙に接近を試みるつもりらしい。

「アレクセイ！　ロレンス！　俺に続け！」

「――わかっているよ」

「そうだね！　僕たちの戦いは終わってない！　ここで彼女を止めなきゃ、今度は僕たちの誰かが死ぬかもしれないんだし」

「そうよ。だから全力できなさい」

私は最低な人間だ。

ソレイユが死んで、どこかホッとしている自分がいる。

ユークリスを殺して、彼の力を奪い取り、自分自身の目的を達成するためにあらゆる手段を尽くすと誓った。

覚悟はあった。たとえ相手が誰であろうと、邪魔するならば、必要ならば躊躇なく殺すという覚悟をした。

それでも唯一、ソレイユだけは自信がなかった。彼女を殺そうとする時、私はきっと迷う。躊躇してしまう。

虐げられていた私を、彼女だけはずっと見捨てずに姉妹として接してくれていた。何も感じないほど、私の心は冷めていなかったらしい。

刹那の戦いにおいて、一瞬の躊躇が敗北に繋《つな》がる。ゴルドフたちを相手にしながら、彼女への躊躇が出てしまったら……。

だからこそ、彼女の死によって吹っ切れた。

わずかに残っていた迷いの心も、彼女の笑顔が持ち去って行ってしまった。今の私には、一切の躊躇いも、不安もない。

ただ目的のために手段を尽くす。

全ては、理想を叶えるために。

「貴方たちは殺すわ。今、この場で」

「――これは！」

「どういうことだい？　さっきよりも影の出力が！」

「速度もだよ！　うわっ！」

直前まで拮抗《きっこう》していた攻防に、明らかな変化が起きる。

重力の支配を押しのけ、水を貫き、風をかき消しながら影は広がり、三人を拘束した。

「異能が強くなっているのか？」

「さすが、気づくのが早いわね。でも少し遅かったかしら？」

「どういう理屈か教えてもらえないかな？　ヴィクセント嬢」

「あ、僕も知りたいなー！」

「暢気《のんき》な男ね」

この状況で雑談が成立するとでも思っているのか。それとも、少しでも会話で気を逸《そ》らし、拘束を解除する手段を模索しているのか。

どちらも不可能だ。

私はソレイユから、太陽の異能を奪っている。太陽の異能には、他者を強化する力があった。その力を自身に向けることもできる。

影は光が強ければ強いほどに濃くなり、その存在を増す。太陽の力を手に入れた私は、その力で自身の影を最大限にまで強化していた。

効果範囲、速度、強度、威力……あらゆる能力が底上げされている。

「貴方たちの負けよ」

「くっ……」

「無駄よ。今の私は誰にも止められない」

影で三人を締め付ける。三人とも異能でなんとか身体を守っているみたいだけど、それも長くは続かない。

決着はついた。この三人を殺せば、残っているのは戦う力がない二人だけだ。

「できれば私のことを、ちゃんと恨んで死になさい」

彼らに恨みはないけれど、理想を叶えるためには躊躇わない。別れの言葉を告げようとした時、玉座の間の天井が砕ける。

「――！」

流れ落ちるのは水滴……ではなく、血の雨だった。

「まさか……」

「全員屈《かが》め！」

瞬間、血の雨は槍《やり》となり、玉座の間へ降り注ぐ。降り注ぐ血の槍は私の影を打ち砕き、三人の拘束を解除した。

拘束から解放された三人。ゴルドフの眼前に、彼は舞い降りる。

「お前は……」

「下がっていてくれ」

「思っていた以上に早かったわね……ディル」

「……セレネ」

私たちは向かい合う。

ゴルドフたちを救ったのはディルの異能だった。器用にゴルドフたちを避《よ》けて、私の影だけを狙ったらしい。

太陽の異能で強化した私の影を破壊するなんて……わかっていたけど、ディルの異能だけは次元が違う。

だからこそ、彼との戦闘は避けて、王城からはるか遠くへ移動させたというのに。

「もう戻ってくるなんて、驚いたわ」

「……一秒でも早く戻って来たかったからな」

「どうやったのかしら？　国外まで飛ばしたはずよ」

「走って来たに決まってるだろ？　あの程度の距離、本気で走れば一日もかからない」

「馬鹿げてるわね。とても同じ人間とは思えないわ」

「忘れたのか？　俺は怪物だ」

ディルの身体能力の高さを見誤った。血液操作の力を膂力《りょりょく》向上に全て割り当て、移動速度を極限まで高めたのだろう。

彼は不死身の肉体を持っている。疲労はなく、睡眠や食事がなくても死ぬことはない。人間の肉体なら崩壊するほどの出力で筋肉を動かしても、彼なら何の支障もないだろう。

改めて、彼の規格外の肉体に驚かされる。

予想以上の速さではあったけど、そんな彼を一日でも足止めできていただけで、十分な成果だったと思うべきか。

「国王になったらしいな。随分と出世したじゃないか」

「そこは知っているのね」

「まぁな。驚きはしたが……お前がユークリスの異能を持っているなら可能だとも思ったよ」

「そうよ。あの子の力、王の異能は別格だわ」

予想通り、ディルにも効果はなかったみたいだけど。

皆、ディルの突然の登場に驚愕している。血を操る力は、異能以外の何ものでもない。知っているのはロレンスだけだ。

いいや、もう一人だけ、彼と戦ったことのある男がいた。

「その異能……お前はあの時の男だな？」

「……」

ゴルドフがディルに背後から問いかける。わずかな敵意を向けていることが、私の視点からも明らかだった。

「どういうことだ？　お前たちは……」

「聞きたいことが山ほどあるだろうが、今はそんな状況じゃない。説明なら後でゆっくりしてやる。だから――」

ディルはゴルドフの敵意を無視して、私に向けて血の剣を構える。

「彼女を止める」

「……わかった。説明はその後でいい」

「俺も聞きたいことが増えたよ。君、彼女と一緒にいた使用人だろう？　君たちの関係性、詳しく聞かせてもらおうじゃないか」

「絶対個人的な興味ですよねそれぇ！　こんな状況でまだ婚約のこと諦めてないとか、さすがの僕でも呆れますよ」

「……」

ディルが駆けつけたことで、三人とも窮地を脱し、体勢を立て直してしまった。これで四対一……

否、ディルを一人分に換算できるわけもない。

彼が合流してしまった時点で、私の勝率は一割以下まで下がってしまった。戦えない二人を人質に取れたら可能性はある。

しかし、ディルやゴルドフが私の作戦に気づかないはずもない。今も自然に、私とミストリアやエトワールの間に立つように、ゴルドフは剣を構えている。

状況は最悪……ではなかった。

「少し遅かったわね」

「――！　この足音は……」

ゴルドフが先に気づく。

これだけ派手に暴れていれば、さすがに王城の人間たちも気づくだろう。そう、ここへ向かっているのは、彼が指揮する者たち。

騎士団に所属する騎士たちが、玉座の間に集結した。

「ご無事ですか！　陛下！」

「お前たち……」

「騎士団長！　これはどういうことですか！」

「ゴルドフ団長だけじゃない。アレクセイ様、エトワール様……ロレンス様まで……！」

騎士たちが次々に気づく。

私の背後に、ソレイユの遺体が転がっていることに。

「彼らは逆賊になりました。ソレイユは反逆した彼らから私を庇い、死んだのです」

「なっ、そんな……」

「騎士団長が……陛下を殺そうとした？」

「惑わされるな！　彼女は本物の国王ではない！　思い出せ！　我々の王はユークリス様だ！」

ゴルドフは叫ぶ。彼らだけが覚えている名を……本物の王を。だが、この状況でユークリスの名を叫ぶのは――

「逆効果だ。彼らはユークリスのことを覚えていない」

「何をおかしなことをおっしゃっているのですか？　我々の王はセレネ様です！　騎士団長……いいえ、ゴルドフ・ボーテン！　貴方は我々の敵になってしまったのですね」

「違う！　くっ……」

「諦めるんだ。もう手遅れだ」

ゴルドフは柄を潰さんばかりに握りしめている。ディルの言う通り、もはや何を言っても無駄な状況になっていた。

騎士たちは次々に剣を抜き、彼らに敵意を向けている。

この瞬間、王を守るはずの守護者たちは、王国に反逆する敵となった。

「彼らを拘束しなさい！」

「――全員集まれ！」

ディルが叫び、血を操って四方に防壁を作る。さらに血液を天井へ向けて放ち、自身が破壊して通って来た穴に繋げた。

「離脱するぞ！　走れ！」

「逃がさないわよ」

血の道を走る彼らに向けて影で攻撃を仕掛ける。しかしディルはそれも予測していたのか、血の壁で防御されてしまう。

「ロレンス！」

「はいはい。わかってるよ」

ロレンスの異能で全員を空に飛ばし、そのまま飛翔《ひしょう》して王城の外へと離脱する。

「重い……」

「我慢しろ。ゴルドフ、重力操作で俺たちの重さを軽くしてくれ」

「わかった」

血の防御と風による飛翔、重さはゴルドフが軽減する。咄嗟によくあれだけの連携がとれるものだと、感心して空を見上げる。

「ディル……」

「セレネ……」

ここまで距離を取られて、しかも上空に逃げられたら、私の影でも追撃することはできない。
お互いに交戦は諦めて、私はただ見送り、ディルは私が見えなくなるまで、じっとこちらを見つめていた。

こうして私は王となり、守護者は人々の敵になる。

第四章　踏み越えて行け

守護者が人類の敵となった。

この知らせは瞬く間に王都中に広まっていた。

「どういうことなんだ？　どうして守護者が王と敵対する？」

「私がわかるわけないでしょ！」

「守護者なんて、敵になってしまったら魔獣となんら変わらないじゃないか」

「この先どうなるんだ？　まさか、俺たちにも牙をむくことはないよな？」

「恐ろしや ぁ……」

人々の不安を煽《あお》る。

彼らの実力、能力は多くの人々が知っている。なぜなら彼らこそ、人類の平和を維持する者たちであり、人類を守る剣であり、盾だった。

王の名の元、人々の平和を守るために存在していたはずの力が、今、自分たちに向けられようとしている。

魔獣すら屠《ほふ》ってしまうほど強大な力を持つ者たちが、自分たちの敵となる。

想像しただけでも恐怖し、日常生活を怯《おび》えながら過ごすことになるだろう。それこそが、王となったセレネの思惑通りとも知らずに。

◇◇◇

反逆者となった面々は、ロレンスの案内で王都から遠く離れた森の中にある小さな屋敷へとたどり着いていた。

そこはかつて、とある貴族が別荘に使っていた屋敷であり、今ではその貴族が没落してしまったことで廃墟《はいきょ》と化している。

「ここなら彼女も知らないと思うし、安全だよ!」

「……」

そう言うロレンスだが、ディルは難しい表情を見せる。

彼は気づいている。セレネの能力の前で、安全な場所など存在しないということを。彼女なら、この地へも移動することができる。

そうしないのは、ディルたちが全員、一か所に集まっているからである。いかに太陽の異能を獲得した彼女といえど、ディルを含む残りの守護者を一気に相手取るのは困難だった。

今、この状況において一番の防衛行動は、守護者全員で行動することである。ただし、それも長くは続かない。

セレネが騎士団を動かし、戦いが戦争へと段階を踏んでしまえば、もはや戦火は王都だけではなく、世界中に広がることになるだろう。

「セレネ……お前は……」

「そろそろ、教えてもらってもいいか？」

声をかけたのはゴルドフだった。

二人には面識があり、一度は本気で刃《やいば》を交えたこともある敵同士である。助けられたことで敵意は和らいでいるが、未《いま》だに疑問の表情を浮かべていた。

「お前は誰だ？　なぜ我々を助けた？」

「……」

「答えてくれ。その内容によっては……」

ゴルドフは徐《おもむろ》に剣に触れる。敵か味方か、その判断ができずに迷っている。それ故に知りたいと願っていた。

ディルは小さくため息をこぼす。

「ここまで来たら、隠すほうが不自然だな」

ディルは近くにあった椅子に腰かける。そのまま残る守護者たちを一人ずつ、聞く姿勢であることを確認してから口を開く。

「少し長い話になる。みんなも座ってくれて構わない」

守護者たちはそれぞれに座る場所を確保する。一人ひとり一定の距離を空けていた。決して群れるつもりはないという意志が表れている。

そして、ディルはゆっくりと話し始める。

「俺の名は、ディル・ヴェルト。俺はかつて、この国の第一王子だった」

自身の出生を、秘められた出来事を。これまでの道程を、なぜセレネと共に行動していたのかを。

彼女が抱えている大きな問題や、共に戦い、共に救った命があることを。

守護者たちは静かに、黙って聞いていた。驚くべきことばかりで、聞きながら大きく口を開けたり、目を見開いたり、驚きを隠せていなかった。

無理もない。ディルが語ったのは、単なる男女の秘密ではなく、この世界に隠された秘密であり、王と守護者の物語なのだから。

「……信じられない。そんなことが本当に？」

「事実だよ。エトワール・ウエルデン。彼女の元婚約者だったお前なら、セレネの突然の変化にも疑問を抱いたんじゃないか？」

「――！　それは……」

「彼女は繰り返している。その中で、多くの死を、絶望を経験した。だからお前との婚約も自らの意志で破棄したんだ」

「……」

エトワールは思い返す。

あのパーティーでの出来事を。ディルの言う通り、セレネは突然変わってしまった。ループを知らないエトワールにとっては、理解しがたい変化だった。

その理由が繰り返しに、彼女に与えられた呪いのような力にあるというのならば、納得できる部分が多い。そう、理解する。

「俺たちが協力していたのは、共に理不尽な力に抗《あらが》っていたからだ。俺は世界の記憶から抹消され、彼女は何度死のうと終わりがない。この地獄を終わらせるために、俺たちは協力していた」

「その過程で、俺とも戦ったということか?」

「そうだ。ゴルドフ・ボーテン。あの時はお前たちの、守護者の異能を回収する必要があった」

「それと同じことを、今の彼女はしているということかな?」

「いいや、少し違う」

アレクセイの予想を否定し、ディルは首を横に振る。アレクセイは眉間にしわを寄せ、ディルに対して尋ねる。

「じゃあどういう意味か、説明してもらえるかな?」

「あの時は、異能の一部を吸収するだけでよかった。だが、今の彼女は違う。確実に全てを、守護者を殺すつもりでいる」

「確かに殺気は本物だったよ。この俺に対しても、まるで親の仇《かたき》に向けるような強烈な敵意を向けてくれていたからね。だが、その理由がわからない」

「ああ、残念ながら俺にもわからない」

そう答えたディルに対して、アレクセイは首を傾《かし》げる。

「わからない?」

「……彼女は言っていた。自らの理想を叶《かな》えるために、守護者の異能が必要だと。わからないのは、彼女が言う理想だ。何を願っているのか、今の俺にはわからない」

「世界征服とかじゃないかな？　全部の力を手に入れて、好き勝手に世界を作り替えようとしているとか？」

「そんなことが可能なのでしょうか？」

ようやく口を開いたミストリアが疑問を浮かべる。それに対してディルは即答する。

「可能なのだろうな。少なくとも、今の彼女はユークリスの……王の異能を所持している。王の力は、願いを叶える力だ」

「そこがわからないね。だったらどうして、今すぐに願いを叶えないんだい？」

「準備がいるということだろう。王の異能も万能ではない。何かしらの対価が必要で、そのために我々の異能を求めているのかもしれない」

ゴルドフの意見にそれぞれが思うところを感じ、静かに頷《うなず》き、天井を見る者、外を見る者など、各々《おのおの》に意味深な反応を見せる。

静寂が包む中、エトワールが意見する。

「ともかく、このまま手をこまねいているわけにはいきません」

「わかっている。セレネ・ヴィクセントから王国を取り戻す。そのための準備を進める必要があるだろう」

「はい。残念ながら、僕の力では彼女の同行はわかりません。ただ、王都全体の状況ならば未来視で見ることができます」

「どう見る？」

ゴルドフが尋ね、エトワールが目を瞑《つむ》る。

彼が持つ星の異能は、未来を見通すことができる特別な瞳である。対象は人や動物だけではなく、特定の地域、場所を指定することもできる。

セレネの存在が邪魔をするため、王城のことや彼女自身の未来を見ることはできない。ただし、範囲を大きくすることで、精度は落ちるが未来の状況を見ることは可能だった。

エトワールは目を開く。

「一週間も経《た》たずして、王都は慌ただしくなっています。おそらく大きな戦いが起こるのではないでしょうか」

「一週間……それまでにこちらも戦力を整える必要がある。いくつか協力してくれそうな当てはあるが、闇雲に当たっていては時間が足りない」

「僕が未来を見ます。彼女が干渉していない先の未来なら見ることができます」

「助かる。今は少しでも時間がほしい」

エトワールとゴルドフが視線を向け合い、頷く。そのままゴルドフは立ち上がり、ディルの眼前へと移動した。

ディルはゴルドフを見上げる。

「ディル・ヴェルト、いいえ、我が王よ」

「――！」

ゴルドフは膝を突き、ディルの前で頭を下げた。

「数々の非礼、知らなかったとはいえ騎士としてあるまじき失態です。どうかお許しいただきたい」

「気にしていないよ。今さらな」

「ありがとうございます。虫がいいことは承知ですが、どうか王の力を、我々に貸していただくことはできないでしょうか」

「……いいのか？」

ディルは問いかける。ディルを王と崇《あが》めるということは、彼が語った話を信じるということでもあった。

彼の話は、当事者である彼自身でも理解しがたいほどに色濃く、信じがたい。実際に体験し、過去の記憶を見たからこそ実感が湧くものだった。

ただ話を聞いただけでは、とてもじゃないが信じるには不足すぎる。それ故に、ギリギリまでディルも語るべきか迷っていた。

しかし、ゴルドフはディルを王と認めた。おそらくはもっとも頭が固いであろう彼が。

「俺の話は、自分で言うのもあれだが、荒唐無稽だぞ」

「それを信じずにはいられないほど、多くの出来事がありました。何より、我が王の名を、ユークリス様の名を知っている。それだけでも、十分に信じられます」

「……そうか」

ディルは目を伏せる。心の中で、ユークリスの名を口にした。

「ゴルドフ・ボーテン、今までユークリスを、俺の弟を守ってくれていたこと、感謝する」

「……騎士としての務めでした。此度《こたび》のことも、責任があるとすれば騎士である俺にあります」

「いいや、誰にも責任なんてない。あるなら、やっぱり俺だよ」

ディルは遠い目をして、亡き弟や、その敵となってしまったセレネのことを思い返す。

「二人のことを誰より知っていた。こうなる可能性だってあったはずなのに、俺は……間に合わなかった」

「……」

「だが、まだ終わっていない。セレネを止めるぞ」

「はい！」

清々《すがすが》しく、まっすぐな返事が部屋に響く。ゴルドフは立ち上がり、残る守護者たちに視線を向ける。

「皆もどうか協力してほしい。セレネ・ヴィクセントを止めるのだ！　我々の手で、この国を取り戻す！」

◇◇◇

「……はぁ」

私はため息をこぼす。

玉座の間は破壊されて、天井に大きな穴ががっぽりと開いていた。今はちょうど夜で、開いた穴から月がよく見える。

「本当……どこにでも現れるのね、月は」

本当ならこの場で、残る守護者たちから異能を奪えるはずだった。ソレイユの太陽の異能を奪った時点で、確実に私に勝機が巡っていた。

ディルが間に合っていなければ、あのまま決着はついていたのに……。

「まぁいいわ。これで下準備も進められる」

私の理想を叶えるためには、私だけの力では足りない。守護者の異能を集めること、そして……この世界にいる人々の力も借りなければ……否《いな》、利用する必要がある。

逃げられたのは、ある意味では好都合だったと思おう。

おかげで、守護者が人類の敵になったという構図を描くことができたのだから。

「皮肉なものね。かつては私が……そっち側だったのに」

影の守護者は、その存在が忌み嫌われ、不吉の象徴とされていた。過去を知り、理由を知った今では、同情こそすれ怒りはなかった。

私を含め守護者は、王は、願いに振り回され続けた被害者だ。それを知っているからこそ、失敗は許されない。

立ち止まることなど、あってはならない。

「さて、行きましょうか」

私は一人、玉座の間を後にする。

彼らはおそらく、私を打倒するために動き出すだろう。あちらにはディルとゴルドフがいる。二人だけでも十分な脅威だけど、王となった今の私には、騎士団も動かせる。

加えて今の私には、影以外の異能を行使する権利すらある。

未来視など使わなくとも、彼らには敗北が予想できるはずだ。となれば、できる限り戦力を増やそうと動くだろう。

敵になったとはいえ、彼らもこの国を支えていた守護者たち。これまでの実績や、信頼が完全に消えているわけではない。

彼らに味方する者たちだって現れるし、騎士団もいつまで私の指示に従ってくれるかは不明だ。エトワールの異能は、私の未来を直接見ることはできない。だけど私を避けて、それ以外の未来を見ることで、私の行動もある程度は予測されるだろう。

「なら、あえて時間を与えましょう」

私は王城を出て行く。

戦力を集めるための時間をあえて与えることで、その時間を私も有効に使わせてもらう。いかに私でも、彼ら全員を一度に相手にするのは難しい。

特にディル……彼が一緒にいる時点で、異能を奪う難易度は跳ね上がった。だけど、私は知っている。彼らが一枚岩ではないことを。

他人には言えない秘密がある者、私のことを好いている者、誰よりも束縛を嫌う者……彼ら全員で、団結して私に挑んでくる可能性は低い。

もっとも、これはあくまで私の仮説に過ぎない。

危機的状況に陥ったことで、彼らは協力しているかもしれない。ディルもいるから、勝機はあると考えている。

だから一先《ひとま》ず、可能性が一番高い相手から……一人ずつ処理していこうと思った。


私が向かったのは、森だ。

広大な森の中には、普通ではたどり着けない屋敷がある。森の守護者ミストリア・フルシュが住まう森の屋敷だ。

彼女には他人には言えない大きな秘密があった。その秘密は、守護者同士だからこそ簡単には語ることができない。

ディルは知っているけど、ゴルドフたち他の守護者は知らない。彼女の正体を……彼女が抱えている悩みを。

知っている私は、ほとんど確信に近い予測をもって、この地に足を踏み入れていた。

「人形の行動範囲には制限がある。彼女は協力したくても、秘密を晒《さら》してからじゃないとできない。それに……」

おそらく彼女には、私と敵対する理由がない。

なぜなら彼女の願いは……。

「やっぱりここに来たんだね！」

「――！」

その時、さわやかな風が吹き抜けた。

ミストリアが管理する森は、彼女の異能によって守護されている。その影響なのか、普段からほとんど無風状態だった。

そんな場所で、初めて感じる風に、私は少しだけ感慨深さを抱く。

「これは嬉《うれ》しい誤算ね」

私は上を見上げる。

大きく不気味な木々が並ぶ中、一本の木の枝に彼は座っていた。初めて出会った日のように、そこにいるのが当たり前のように。

「こんばんは！　さっきぶりだね？」

「ロレンス……貴方のほうから出向くなんて、どういう風の吹き回しかしら？」

「ははっ！　僕は風だからね？　いつだって自由気ままなのさ！」

「……」

ロレンス・シロエ……大気の守護者。自由奔放で、誰よりも束縛を嫌い、好き勝手に生きることを求めている変わり者だ。

彼の性格から考慮しても、ゴルドフたちに協力する可能性は五分だと思っていた。死にたくないから協力するかもしれない。

自分一人だけ逃げる、という選択を取る可能性もあった。というより、彼なら逃げる可能性が一番高いと思っていた。

もっとも、私は彼の影を記憶しているから、どこに逃げても見つけ出すことができるけど。

「自由すぎるのも考えものね。少しだけ、ボーテン卿《きょう》に同情するわ」

「ははっ、いつものことさ。僕はいつだって変わらない。僕が見ているのは、自由な未来だからね？」

ロレンスは木の枝で立ち上がり、そのまま私の前に舞い降りる。

大気を支配し、ゆっくりとひらひら舞い落ちる花びらのように、優雅に着地した。

今のところ敵意はない。相変わらず、何を考えているのか読めない男だ。

「君はどうなのかな？　新しい王様」

「何がかしら？」

「僕は知りたいんだよ。君が、今の君が何のために戦うのか。どんな未来を、どんな世界を求めているのか」

「知ってどうするの？　貴方の運命は変わらないわよ」

私はすでに覚悟を決めている。相手が誰であろうと、何を求めようとも、私がとるべき行動は変わらない。

こうして私の前に現れた時点で、彼に待つのは……。

「死ぬわよ」

「そうだね。僕は君に殺される」

「それを理解した上で、わざわざ一人で来たのかしら？」

影を周囲に展開して、すでに彼以外誰もいないことは確認済みだ。ここにいるのはロレンスの独断であり、作戦ではないこともわかっている。

かつての私ならともかく、今の私に一人で戦いを挑んだところで、勝利することなど不可能だ。

ロレンスは理解している。自分の運命を。

「僕はここへ確かめに来たんだよ。君が求めるものが何なのか。そのためにいるんだ」

「……理解に苦しむわ。知っても無意味だというのに」

「意味ならあるさ。少なくとも、ここで僕が死ぬ理由が変わるじゃないか」

「どう変わるの？」

「それは……」

ロレンスの周囲の大気が渦巻き、臨戦態勢になる。

「君の真意を知ったらわかると思うよ」

「そう。なら、楽しみにしているわ」

戦うこと自体に変更はない。ロレンスにもその意志がある。ただ、未だに敵意は感じられない。

本気で私を殺すつもりはないようだ。

理解できない。彼が何を考えているのか。こうして向かい合っても尚《なお》、その真意を測れない。

まったく、知りたいのはこっちのほうだ。

「戦えばわかるというなら戦いましょう。私にもあまり時間はないのよ」

「そうだね。だからこうして僕はここにいるんだよ」

「感謝はしないわ」

「必要ないよ。これも全部、僕自身のためなんだから」

風圧と影、二つの力がぶつかり合う。

お互いの異能についてはすでに知っている。彼の大気を操る異能は、効果範囲だけなら私の影をはるかに上回る。

大気という世界にありふれた存在を味方につけるということは、そのまま世界を相手にしている感覚に等しい。

それでも、今の私には太陽の力が宿っている。

「ははっ！　やっぱり前に見た時よりも強くなっているね！　それも、妹さんの力を手に入れたおかげなのかな？」

「そうよ。ソレイユのおかげよ」

「妹さんのことは残念だったね。ゴルドフのおっさんも不本意だったと思うよ。あんまり恨まないであげてほしいな」

「最初から恨んではいないわよ」

「そうなの？」

「当たり前でしょう。どうせ、ソレイユも殺さないといけなかったんだから」

風圧と影の押し合いは私が優勢だった。ロレンスは影が生まれない上空へと逃げ、飛び回りながら風の刃を作り、私に放つ。

私は影をムチのように撓《しな》らせ、風の刃を弾《はじ》いていく。

「本気で妹さんも殺すつもりでいたんだね」

「そうよ」

「正直、そこが一番驚いているんだよ。君は、悪者ぶっているだけで悪人じゃない。妹さんのことだって、最近は仲良くしていたんじゃないかな？」

「そう見えたのは貴方の勘違いよ」

「ははっ、嘘《うそ》が下手だね！　僕は見ていたから知っているよ。君は彼女に、妹に対して少なからず愛情を持っていた」

「……」

私の周囲を風が吹き抜ける。攻撃ですらない風なのに、どうしてここまで不快な気分になるのだろうか。

彼の言葉が風に乗って私に届く度に、私の心が暴かれているような気がするからだ。

「君は悪い人間じゃない。初めて会った時に僕を殺さなかったし、その時から気づいていたよ」

「……そう振る舞っていただけよ」

「ま、そうだとしてもさ？　そんな君が今になって、国王を殺し、妹を殺されても涙すら流さず、僕たちの敵になった。どうしてそこまでするのかな？」

「言ったでしょう？　理想を叶えるためよ」

「その理想って何？　君は一体、どんな未来を想像しているんだい？」

「――自由よ」

飛んで逃げ回るロレンスの足を、私の影がついに捕らえた。動きを止めたロレンスに、無数の影の手が迫り、ガチガチに拘束する。

「っ……」

「ここまでよ」

「ははっ、そうみたいだね。自由……か」

ロレンスは諦めたのか、大気を操作する異能を停止させる。私の影に身をゆだねるようにして、だらんと全身の力を抜いていた。

「それって、どういう世界になるのかな？」

「……運命から解放されるわ」

「運命？」

「ええ。私たちのように、異能に振り回されることのない。誰もが自由に、自分の意志で未来を決められる。そういう世界に、なるかもしれないわね」

「――そっか。じゃあ、悪くないね」

ロレンスは笑う。吹き抜ける風のようにさわやかに、解放されたように。

その笑顔からは諦めや後悔ではなく、わずかに嬉しさみたいな前向きな感情が宿っていた。

だから私は首を傾《かし》げる。

「この状況で、どうしてそんな風に笑えるのかしら？」

「嬉しいからだよ」

「嬉しい？　殺されることが？」

「少し違うかな。殺されることっていうより、解放されることが、だよ」

ロレンスは空を見上げる。森の木々で夜空は見えないけれど、彼は大気を操って木々を揺らし、落ち葉の陰からわずかに月が見えた。

「僕はずっと嫌だった。こんな力があるせいで、周囲には期待され、求められて……窮屈だって思ったよ」

「だから旅に出たのでしょう？」

「そうだよ。自由を求めて旅に出た。この場所から逃げれば、僕は自由に生きられる。最初はそう思っていたんだけどね？　すぐにわかったよ。どれだけ離れても、運命からは逃げられないんだ」

「……」

生まれた場所が悪いのではない。望んで手に入れた力じゃない。彼もまた、自らの立場に、異能と向かい合い苦しみ続けていたようだ。

端から見れば自由奔放で、いい加減なことばかりしている異能者の変わり者。だけど彼こそが、もっとも異能者の存在について考えていたのかもしれない。

「君の求める世界に、異能者は必要ないんでしょ？」

「ええ、いらないわ」

「うん、僕もそう思うよ。それが一番いいとも思う。ずっと探していたんだ。そういう世界がどこかにないのかって。可能性は……ここにあったんだね」

ロレンスは私を見つめる。これから殺し殺される相手に向ける表情ではない。彼の瞳には、期待が宿っていた。

「僕が求める理想はそこにあったんだ。だから、後悔はないよ」

「死ぬとしても、かしら？」

「うん。だって、このまま僕たちが生きていたって、理想の世界は生まれない。それじゃ、僕たちは最期まで苦しみ続けることになるだろう？」

「そうね。運命は続くわ。だから私は……」

その運命を破壊する。

王と守護者、はるか昔から受け継がれたものを全て壊してでも、私は理想を叶える。

「僕も疲れたんだよ。本当は……別に旅が好きってわけじゃないし」

「そうだったの？　意外ね」

「だと思った。本当の僕は面倒くさがりで、一日中ゴロゴロして、屋敷の中で過ごせたらそれでよかったんだよ」

「……私も、それができたらよかったわ」

「ははっ、君には似合わないよ」

「そうね」

私たちは笑い合う。そして、同じタイミングで笑い終える。

「さようなら、ロレンス・シロエ。貴方の命、その力を貰《もら》うわ」

「うん。さようなら、セレネ・ヴィクセント。優しい君にとって、この選択はとても辛《つら》いものだったと思う。でも、僕は間違っていないと思うよ」

「そう、ありがとう」

「こちらこそだよ。願わくは、君が叶える理想に……穏やかな風が吹くことを」


——祈っているよ。


最期の瞬間まで、彼は笑顔を絶やさなかった。

どこまでも自由に生きようともがき、つかみどころのない男だった。もしもディルより先に出会っていたら、もしかしたら彼と共犯者になっていたかもしれない。

そんな、ありもしない夢のようなことを考えてしまう。

最後の風は暖かくて、どこか切なくて、私の背中を優しく押してくれていた。

◇◇◇

ここは森の守護者の領域だ。

彼女の手助けなしに、迷うことなく目的地にたどり着くことは難しい。木々が、動物たちが侵入者を惑わすだろう。

だから、もしも迷うことなくたどり着くことができたとしたら……。

森の主が、招いているということだ。

「やっぱりそうなのね」

私はたどり着いていた。

彼女が、ミストリア・フルシュの秘密が眠る屋敷に。道を覚えていたわけじゃない。ただ、導かれるようにここへ来た。

私は屋敷の中に踏み入る。

出迎えはなかった。人間の気配はなく、今はもう人形たちすら姿を見せない。私は一人、奥へと進んでいく。

そうしてたどり着いた先で、彼女は眠っていた。

「いらっしゃい。待っていたわよ」

「……」

眠る彼女の隣で、瓜二《うりふた》つの容姿をした女性が微笑《ほほえ》んでいる。あれは彼女の意志が宿った人形であり、偽物だ。

「さっき、ロレンスに会ったわ」

「――！　そう、彼もここへ来ていたのね」

「その反応、知らなかったのかしら？」

「ええ。私が呼んだわけじゃないわ。彼がいたというなら、彼自身の意志よ」

そんなことは聞くまでもなくわかっていた。ロレンスが誰かの命令で、私の前に立っているわけじゃないことくらい。

ただ、これも彼と対峙《たいじ》した影響なのだろうか。こんな場面だというのに、私は彼女を殺す気でいるというのに、少しだけ話したい気分になっていた。

まったく、最期まで余計な風を吹かせてくれるのだから、笑ってしまう。

「ここに一人で来たということは、彼はもう……」

「ええ、私が殺したわ」

「……そう。じゃあ、私のことも殺してくれるのかしら？」

「……そのつもりよ」

彼女は優しく微笑んでいた。

ミストリアは死を恐れていない。私に対して敵意も向けていなかった。ロレンスと同じだけど、彼とは違う意味がある。

私はふと、初めてこの場所に招待された時のことを思い出していた。

きっと、ミストリアも同じことを考えていたに違いない。

「まさか、あの時のお願いがこんな形で叶えてもらえるなんて思わなかったわ」

「……そうね。私もよ」

ミストリアは切なげに微笑む。

彼女には他人には話せない秘密があった。それこそが、話している彼女の隣で眠っている年老いた女性だ。

ミストリア・フルシュは、今年で百四十歳を超える老体。しかし異能者の血を絶やすことはできず、何世代もかけて生き続けている。

しかし、その命も終わりが近づいていた。だから、他人の異能を奪い、それを与えることが可能とされる影の異能にかけた。

直に生まれる子供に、自身の異能を与えてほしいと懇願した。

「貴女の望みは、異能を新しく生まれてくる子供に譲渡すること。そのために殺してほしいと願ったはずよ」

「ええ、そうだったわね。でも……」

「その願いは叶わないわ。私は私のために異能を奪う。だから、貴女も殺すのよ」

異能の譲渡を行うつもりはない。ただ、一方的に奪うために、殺すために私はここへやってきた。

おそらくは守護者の中で誰よりも、死に近い場所にいる彼女だからこそ、ゴルドフたちに協力する気がないと予測して。

「……それでいいのよ」

ミストリアは呟《つぶや》く。弱々しい笑顔で。

「私はずっと……この役割から解放されたかったわ」

「……そうでしょうね」

「百四十年よ。私は……長く生きすぎたわ」

そう言いながら、眠っている自分の顔に触れる。しわくちゃになって、おそらく二度と開けることのない瞼《まぶた》、しゃべることのない口。

私たちの寿命は大体八十歳前後と言われている。そんな中で、彼女は百四十年生きた……いいや、百四十年も老いた。

それは、私たちに想像できない苦しみや痛みを伴っただろう。それでも彼女は生きるしかなかった。森の守護者の一族に生まれ、その力を持っていた故に。

彼女の最大の不幸は、生きながらえることができてしまったことだろう。それに適した場所に、能力を持って生まれたからだ。

そうでなければ、とっくに彼女は解放されていたはずだ。

「ミストリア、貴女にとってこの百四十年はどうだったの？」

「そうね……長い長い……牢獄《ろうごく》よ」

「牢獄……ね」

「ええ。今の私を表すのに、これほど適した言葉はないわ」

私は眠る彼女に視線を向ける。そのまま周囲を見渡す。

彼女は一体、いつ頃からこの場所で眠っているのだろうか。言葉を話せなくなってから、人形に意識を宿すようになってから、何十年経《た》っているのだろう。

私が真実を知るまで、彼女はほとんど独りぼっちでここにいた。

誰かに真実を告げることはできず、新たな当主として振る舞ったり、常に嘘をつき続けてきたとしたら……牢獄というよりも。

「地獄ね。私には耐えられないわ」

「……そうかもしれないわね。でも、私から見たら、今の貴女のほうがよっぽど地獄にいるように見えるわ」

「――！　そうかしら？　自由にやれて天国よ」

「強がりね。どうせこれが最期よ。他に誰も見ていないわ」

「……」

「いいじゃない。今ぐらいは本音を語っても」

「……ずるいわね」

これも長い年月を生きてきた所以《ゆえん》なのだろうか。こうして対面して、彼女と話していると心地いいと感じてしまう。

言葉が音色のように奏でられて、私の緊張を緩ませる。

広大な森に包まれて、守られているような安心感……異能を使っているわけじゃない。ただ、彼女の持つ包容力だ。

それでも、私は毅然《きぜん》とした態度を崩さない。

「本音も何もないわ。私はここへ、貴女を殺すためにやってきた。それ以上でも、それ以下でもないのよ」

「……ヴィクセントさん」

「忘れないで。私はもうヴィクセントじゃない。今の私は、セレネ・ヴェルトよ」

「そうだったわね。新しい王様、私を殺してくれるかしら？」

彼女は穏やかに笑いながら、両手を広げて胸を差し出す。そこに一切の恐怖はなく、躊躇《ちゅうちょ》もなく、自らの死を受け入れている。

「二度目ね。貴女からそのセリフを聞くのは」

「もう、言うことはないと思っていたわ」

「私も、聞くことはないと思っていた……」

私は一歩を踏み出す。

時間は有限だ。こうして話している間にも、私に残された時間は消費されていく。どれだけ名残惜しくとも、前に進まなくてはならない。

歩きながら、私は彼女に最後の問いかけをする。

「貴女の望みで叶えられるのは、その命を終わらせることだけよ」

「ええ」

「いいのね？」

「いいわ。だって、それが幸せだもの」

「幸せ……ね。それは誰にとってかしら？」

「決まっているわ」

私はたどり着く。彼女の前へと。

手を伸ばせば触れられる距離に来ても、彼女は怯えることはなく、私に笑顔を向ける。

「残された者たちにとって、幸せなことよ」

「……そう」

つまり、彼女自身の幸せではないということ。それでも彼女は笑っている。その理由が気になった。

私より百年以上生きた先輩が、何を幸せに思うのか。

確かめたかった。私が抱いた理想は、幸せに通じているのか。

「それなら、貴女の幸せはどこにあるのかしら？」

「……ふふっ」

彼女は笑う。呆《あき》れたように、諦めたように。

「そんなもの、とっくに捨ててしまったのよ」

「捨てた？　どこに？」

「さぁ、どこだったかしら。それすらも忘れてしまったわ」

彼女は、彼女の意識を宿した人形は疲れを示すように、ゆっくりと眠る本体の横でしゃがみ込んでいく。

「昔の私が何を望んでいたのか。若い頃の私なら、きっとやりたいことがたくさんあった。毎日が希望で満ちていた。そうだったと思うわ」

「思う……ね」

「思い出せないのよ。長生きすると、大切なことまで忘れてしまうわ」

彼女は生き続けた。一族の未来のために、異能を絶やさないために、ただそれだけのために生き続けていた。

そこにはもう、彼女自身の幸福などなく、ただただ使命感だけが残っていたのだろう。いつ、どの段階で忘れてしまったのかも、彼女にはわからない様子だった。

「だから、今の私には幸福の在り処《か》なんてわからない。しいて言えば、この呪縛から解放されることが、唯一の救いなのよ」

彼女は語りながら、自らが眠るベッドの横にもたれかかる。

「疲れたわ」

「……そうね」

「貴女はこれからもっと疲れるわよ」

「わかっているわ」

「ねぇ、最後に教えて？　貴方が求める理想はどこにあるのかしら？」

「……」

彼女はベッドにもたれかかりながら私の顔を見上げている。また、心が安らぐような感覚に襲われる。

私が求める世界……彼女が知りたいのは、最後に私が何を手に入れるのか。私が未だ誰にも話し

ていない真の願いだろう。

言うべきことではない。

ただ、どうせこれが最後であるならば、彼女には話してもいい気がしてしまった。年長者に対する礼儀なんてものが、今の私にあるかは微妙だけど。

伝えて、彼女がどんな感想をくれるのかは……少しだけ興味があった。

「私は――」

だから伝えた。

よくないと思いながらも、話し始めたら止まらなかった。胸の奥底で蓄えていた感情が、一気に漏れ出すような感覚があった。

気がつけば最後まで、一文字も漏らすことなく語り伝えた。

「それが、貴女が求める終着点なのね」

「ええ」

「そのために、貴女はどんな悪行にも手を染める」

「そうよ。手段は選ばない。誰に疎まれようとも、誰に敵意を向けられようとも構わない。そう、たとえ……」

誰一人として、理解してくれなくても。

私は自分の理想を信じている。

「大変な決断をしたわね」

「……そうでもないわ。私にはこの道しかなかったの」

「嘘ね。貴女なら選べたはずよ。他の選択肢だってあったはずだわ」

「なかったわよ。私が進むべき道は、一つだけ……」

仮に他の方法が、道があったとしても、私はきっと選ばなかったに違いない。この道だけが、私の理想を叶えてくれる。

「後悔はしていないの？」

「もちろんよ」

「今ならまだ、止《とど》まれるかもしれないわよ」

「本気で言っているの？　だとしたら、甘さを通り越して不快だわ」

私はもう、止まれない。

ユークリスを殺した。ソレイユも、間接的に私が殺したようなものだ。そしてついさっき、私は自分の意志でロレンスを殺《あや》めている。

ここまで私の周りで人が死んで、今さら戻れるわけがない。止まれるはずもない。退路も、休憩所も存在しない。

ミストリアは悲しそうな表情で私に告げる。

「貴女が目指す未来に、貴女自身の幸せはないわよ」

「……」

「貴女が一番わかっているはずだわ。だって貴女はその未来で……」

「それが私の望みよ」

「貴女は……」

「勘違いしないで。いいえ、貴女にはきっと理解できないだけよ。私にとっての幸せも、私が目指す未来にあるの」

理想を叶えることができたなら、私は幸福を実感できるだろう。理解できないかもしれない。もしかすると、私以外の誰にも……。

それでも構わない。私だけがわかればいい。

だってこれは――

「私の人生は、私だけのものよ。誰にも勝手に決めさせない。不幸だと思うなら、勝手に思っていればいいわ」

「……ふふっ、やっぱり貴女は違うわね」

ミストリアは笑いながら、眠る自分の顔を見つめる。その表情からは、初めて後悔の感情が読み取れた。

「私は……自分の運命に従うしかできなかった……違うわね。抗《あらが》うことなんて、まったく考えもしなかったわ。でも貴女は……」

抗っている。自分自身の運命に。

絶望を何度も味わって、死の苦しみを乗り越えて、それでも尚、わずかな希望を見失わずに、前へと進む意志がある。

と、彼女は私ではなく、眠る自分を見つめながら語っていた。

そうして彼女は続ける。

「もしも過去に戻れるなら……私も、貴女みたいにしてみたかったわ」

「真似るのは勝手だけど、お勧めはしないわよ」

「貴女の立場ならそう言うでしょうね。でも、私から見れば、貴女の生き方には憧れるわ」

「憧れ……」

たぶん、生まれて初めて言われたと思う。

誰かが私に、私の人生に憧れを抱くなんて、そんなことありえないと思っていた。話している相手が彼女だからだろうか。

どこかホッとして、よかったと思えるのは。

「ねぇ、セレネさん」

「何かしら？」

「もしも……私たちが違う場所で、こんな形じゃなく出会えていたなら……仲のいい友人になれたかもしれないわね」

「……そうね」

貴族でもなく、異能者でもない。地位や権力、運命に惑わされるような人生の中ではなく、ごく自然に、平凡に暮らしながら出会っていたら……。

私たちは友人になれたかもしれない。

こんな終わり方には、ならなかったかもしれない。

「さようなら」

「ええ。最期に話せたのが、貴女でよかったわ」

「おやすみなさい、セレネさん。ミストリア・フルシュ」

「おやすみなさい。貴女の理想が叶ったら、いつか感想を聞かせてね？」

その言葉を最後に、彼女は本当の眠りにつく。

私が直接手を下さずとも、彼女が生きることを諦めれば、張り詰めた糸は切れていただろう。私が殺すまで彼女は待っていたのだ。

終わらせるなら私の手で、そして……彼女の異能が私の手に渡るように。

「これで……」

森の守護者の異能も、この手に収めることができた。

屋敷が、森がざわめきだす。この地で暮らす生命が、主《あるじ》の終わりを感じ取ったのだろう。そして、新たな主の存在にも気づいたらしい。

森からいくつもの気配が近づいている。人のものではないことなどすぐわかった。

私は永遠の眠りについた彼女に背を向けて部屋を出る。誰もいない屋敷を進んで、玄関から外に出ると。

森に住む動物たちが私を待っていた。

「怒っているの？　それとも……」

彼らから怒りは感じない。むしろ、感謝しているのが彼女の異能を通じてわかった。彼らも願っていたのだろう。長く苦しみ続ける彼女が、安らかに眠れる日が来ることを。

私は彼らの間を通り過ぎる。

おそらくはもう二度と、私がこの地に足を踏み入れることはない。

「好きに生きなさい。貴方たちも自由よ」

この地の主は代わったのではなく、ミストリアを最後にいなくなった。そう伝えて、森を出て行く。

私は振り返らなかった。

風はとっくに止《や》んでいる。この森もいつかは、ただの大きくて広い森になるのだろうか。それこそが、この地のあるべき姿だと思う。

第五章 再会と決別

王城での襲撃から一週間が経過しようとしていた。

ゴルドフら守護者は、セレネに奪われた王国を取り戻すために反対勢力をかき集め、王都近隣の山岳地帯に待機していた。

「集められたのは六百名足らずです」

「十分だ。我々だけで戦うよりも、幾分か勝率は上がっている」

「ですが厳しい戦いになるのは確実です」

「わかっている」

ゴルドフとエトワールが作戦を考えるために野営地の中心で会議をしている。岩を削り、テーブルのように変えて、その上に王都周辺の地図を置く。

ゴルドフは地図上に指をさす。

「ここで王国軍を迎え撃つ」

「この先の渓谷ですね」

ゴルドフが示したのは、彼らが野営している場所よりもさらに王都に近い渓谷だった。ゴルドフは続けて説明する。

「この渓谷はかなり深い。ここを通ればまず一方通行、正面からの攻撃だけに絞れる」

「なるほど。渓谷の上から攻撃される心配がなく、一方向の攻撃に絞る。加えて渓谷の幅があるので、一気に攻め込める人数にも限りがある」

「その通りだ。ここなら防衛戦に限り、人数差をある程度は補えるだろう」

「……とはいえ、それでも勝率はかなり低いはずです」

「ああ。相手は騎士団だけでもこちらの二十倍以上いる。全ての人員を動員するとは思えないが、数では圧倒的に不利だ」

戦力差は低く見積もっても十対一以上になると予想される。もちろん、いくら人員を増やそうと、彼らは非能力者の集団である。

能力者であるゴルドフには遠く及ばない。

しかし、彼らの後ろには、太陽が常に昇っている。

「それだけではありません。セレネは彼女の妹、ソレイユから異能を奪っています」

「太陽の異能……か」

「はい。他者を一時的に強化することができる異能です。あの力を使えば、一般の兵士たちの能力を大幅に向上できます。そうなれば……」

戦力差は十対一では収まらないことに、エトワールたちは気づいていた。本来ならば、人数的不利を補うために存在するような異能が、強者に渡っている。

加えて、セレネ自身の影の異能は、王都全域に広げられるほど効果範囲が広く、取り込んだ異能の影響で更なる強化がされている。

現状、獰猛《どうもう》な獅子《しし》にか弱い兎《うさぎ》が武器もなく飛び込むようなものである。

「やはり、この作戦しかありませんね」

「ああ、我々が勝利できるとすればただ一つ、決着がつく前に、セレネ・ヴィクセントを戦闘不能にすることだ」

「はい。その役目は……」

「ディル様、貴方にかけるしかありません」

エトワールとゴルドフは同じ方向に視線を向ける。月明かりを背に、ディルが二人の元に歩み寄っていく。

「今さら様はやめてくれ。俺はもう王族じゃない」

「いえ、今は貴方が我々の王です」

「……はぁ、わかった。じゃあ好きにしてくれ」

呆《あき》れてため息をこぼしながら、ディルはエトワールとゴルドフの間に立ち、王都奪還作戦について話し合う。

「お前たちが本隊を引きつけている間に、俺が背後からセレネに接近し、彼女を倒す。それでいいんだな？」

「はい。それしか我々が勝利する道はありません」

「彼女さえ無力化できれば、残る兵力もボーテン卿《きょう》一人で制圧できます」

彼らの作戦はシンプルである。

まず渓谷で王国軍を迎え撃ち、その指揮はゴルドフとエトワールが執る。王国の民のほとんどは、ディルの存在を知らない。

確実に知っているのはセレネ自身だけである。故に、ディルの所在に気づくまで、わずかに時間的差異が生じる。

その隙にディルが本隊を無視し、セレネが指揮しているであろう後方に回り込み、単身セレネとの一騎打ちに挑む。

「俺の異能は隠密《おんみつ》には向いていない。ディル様の異能と、その身体能力をもってすれば、左右の壁を越えていくことも可能でしょう」

「万が一落下しても、俺の身体《からだ》なら耐えられる。不死身だからな」

ゴルドフはこくりと頷《うなず》く。

続けてエトワールが申し訳なさそうな表情で頭を下げる。

「全てディル様頼りの作戦です。僕の異能がちゃんと機能してくれたら、もっとマシな作戦を考えることもできました。申し訳ありません」

「仕方ないことだろ。未来視もセレネが直接関与していたら阻害される」

「……はい」

「ずっと疑問だったんだが、どうして彼女の未来だけ見えないんだ？　俺の未来なら、見ることができるんだろ？」

「わかりません。常に考え続けてきましたが、答えにはたどり着きませんでした」

エトワールの異能は、セレネに関する事象だけ見ることができない。ディルの未来は見ることができるため、王の力と関係しているわけでもなかった。

何より、彼の異能は王の未来を見ることもできる。王自身がそれを拒んでいない限り、見ようと思えば見えるのだ。

つまり、セレネ・ヴィクセントだけが特別なのである。その特別が、悪い方向に働いたことで、かつて彼はセレネを死に追いやった。

「……今ならわかります。彼女が僕を遠ざけ、婚約を自ら破棄した意味が……僕は人として、最低なことをしてしまった」

「庇《かば》うつもりはないけど、まぁ……人間は弱い生き物だからな」

「……ですが、彼女は……」

「ああ、セレネは強いよ。たぶん、いや間違いなく、俺が知る人間では一番強い。異能だけじゃなく、意志が……俺も、彼女と出会って自分の弱さを目の当たりにしたからな」

ディルは思い返す。

セレネとの出会い。死にたがりだった当時の自分と、今の自分を比べて笑ってしまう。セレネの生きるという強い意志を傍《そば》で見続けてきたからこそ、彼は生きる道を選んだ。

死に逃げるのではなく、生きて足掻《あが》き苦しんでも幸せを手に入れることを望んだ。

もしも仮に、セレネと出会っていなければ、今も彼は月夜の中、自分を殺せるかもしれない相手を探し続けていただろう。

そうなっていたであろう別の未来を想像して、ディルは拳を強く握る。

「なんとしても、彼女を止めないといけない。それができるのは……俺だけだ」

「……」

「……」

決意するディルを二人の異能者は見つめる。

「作戦開始は夜明け前だ。私は集まってくれた者たちの様子を見てくる」

「わかりました。僕はもう少し、細かい戦況が見れないか試してみます。見えなくても、その範囲やタイミングがわかれば、彼女の動きを把握できるかもしれません」

「任せる。無理は禁物だが、ここで無理をしなければ未来はない」

「そうですね」

ゴルドフは二人の元を離れていく。残されたディルとエトワールはしばらく無言のままテーブルの上の地図を眺めていた。

「少し、伺ってもよろしいですか？」

「なんだ？」

静寂を破って問いかけたのはエトワールのほうからだった。彼はわずかに逡巡《しゅんじゅん》しつつ、意を決するように問いかける。

「僕と婚約破棄してから、ディル様は彼女と行動を共にしていたのですか？」

「ああ。直後ではあるか。セレネが当主を公言したパーティーがあっただろう？　あの夜に俺は、セレネと出会った。それからは、互いの目的を達成するために手を組んだんだ」

「ディル様の目的は……死ぬこと、でしたね」

「あの頃はな。けど、ユークリスも俺のために死のうと考えていたことを知って、死が救いにならないとわかったんだ」

ディルはユークリスのために、ユークリスはディルのために、自らの命を差し出してまで、互いの幸福を願っていた。

似た者兄弟すぎると、セレネは皮肉を交えて笑っていた。

「生きて呪いのような異能から解放される。そのために彼女と……異能に隠された秘密を探って、原初の魔獣とも戦った。お前たちとも、一時は敵対したこともあったな」

「……」

「あの時はまだユークリスもいて、久しぶりにいろいろと話せて楽しかった。それも全部、終わってしまったけど」

「……ディル様は、セレネのことを恨んでいますか？」

エトワールは問いかける。

ディルが困る質問だとわかっていながら、確認せずにはいられなかった。好奇心ではなく、彼だけが知っている事実を伝えるべきか見定めるために。

ディルは少し考えて、空を見上げる。

「……わからない」

と、小さな声で呟《つぶや》いた。

「わからない……ですか?」

「ああ」

ディルは空に輝く丸い月を見つめていた。太陽が見られない彼にとって、自身を照らしてくれる唯一の光。

闇夜に浮かぶ月こそが、彼の未来を照らす光であり、ユークリスの存在と重なる。その光は、影によって消されてしまった。

「彼女がユークリスを殺した……このことに対して怒りはある。もう二度と会えないと思うと、悲しくもある。ただ……」

「……」

ディルは目を瞑《つむ》る。

その瞼《まぶた》の裏に流れている光景は、彼女と出会ってからの日々だった。慌ただしく、決して穏やかではない日常の中で、自分がどんな顔をしていたのかを考える。

「恨んでいるかどうかは……わからない」

「……それは、セレネのことを……」

どう思っているのか。エトワールは喉元まで出かかった言葉を呑み込んで、大きく深呼吸をしてからディルに言う。

「ディル様、ユークリス様……前国王の死について、お伝えしておくことがあります」

「――？　エトワール？」

「この先どうするかは、今からお伝えする話を聞いてから考えてください。これを知っているのは、私を除けば当事者だけです」

「……聞かせてくれ」

◇◇◇

――三時間後。

夜明けまで残り一時間。

わずかに東の空が明るくなり始めた頃、王都近郊の渓谷に大部隊が進行していた。迎え撃つは、ゴルドフら守護者が率いる反逆者連合軍。

「ゴルドフ様！　王都から兵がこちらに向かってきております！　数は七千ほどです！」

「想定よりも若干多いか。進行している部隊は一つだけか？」

「はい！　念のため渓谷の左右に見張りを立てていますが、他の進軍は確認できておりません！」

報告を聞いたゴルドフは、隣にいるエトワールと顔を見合わせて頷く。

「予想通りですね」

「ああ。真っ向から我々を潰《つぶ》しにきた。実に彼女らしい」

セレネは大規模な軍の采配を任されたことがない。王になって日も浅く、指揮官としての能力はゴルドフのほうが上である。

加えて圧倒的な兵力の差もあって、複雑な作戦を考えるより、数で押し込んだほうが有利であると考える……と、ゴルドフたちは予想していた。

「ディル様は？」

「すでに別行動を開始しています。作戦通り進めば、日の出前には決着がつくはずです」

「最長一時間、十倍以上の兵力差で耐え抜かなければならないわけか……」

ゴルドフは意味深に空を見上げる。

左右を見渡しても渓谷の壁が見えるだけ、それ以上のものはなく、誰かを探していることはエトワールにも伝わった。

「ボーテン卿？」

「……結局、ロレンスは戻らなかったな」

「そうですね」

今回の作戦に参加している守護者は、ディルを除けばこの場にいる二人だけだった。ソレイユはすでに亡くなっている。

あの時点で残っていたのは、彼女を除く五人とディルだけだった。

「自分なりに確かめたいことがある。そう言っていましたが……逃げたのでしょうか？」

「あいつの性格ならそれもあるが……ああ見えて、有事の際は必ず王都に戻ってきていた。文句を言いながらも我々に手を貸していた。この状況で逃げるとは思えない」

「だとしたら……」

二人の脳裏に過《よぎ》ったのは、セレネと戦い、無残に殺されているロレンスの姿だった。あくまで想像でしかないが、可能性としてもっとも高い未来と予想している。

そして、その予想は悲しくも当たっていた。

「ワーテル卿とフルシュ様はあれから一度も姿を見せていませんが」

「ミストリア・フルシュ。彼女は元々協力的ではなかった。セレネ・ヴィクセントに加担しているわけでもなさそうだが、おそらく我々には明かせない秘密を抱えているのだろう」

守護者たちは薄々勘づいていた。

ミストリアが何か重大な秘密を抱えていること。セレネほどではないが、彼女の人形に対してわずかな違和感を覚えていた。

「では、ワーテル卿は？」

「わからない。彼の動向に関しては一切つかめていない。あの日、いつの間にか姿をくらませていた。それ以降はどこにいるのかも……」

「ボーテン卿、もしかすると彼は……」

二人の脳裏に、戦況を揺るがしかねない最悪の予想が浮かんだ瞬間、爆発音が渓谷に鳴り響く。

「ゴルドフ様！　王国の兵が見えました！」

「――！　わかった。すぐに前線に出て指揮を執る。後方の指揮は任せる」

「わかりました。お気をつけて」

「そちらもな。武運を祈る」

ゴルドフは前戦へ赴き、エトワールは後衛へと下がる。

すでに最前線では戦闘が開始されていた。ゴルドフが到着し、指揮を執りながら交戦する。戦闘開始から数分、優勢なのは――

「無理に前へ出るな！　これ以上進ませなければいい！」

「くそっ、身体が……」

「重い……ゴルドフ様の異能がこれほどとは……」

「今だ！　迎撃せよ！」

「おおおおおおおおおお！」

ゴルドフが有する重力操作の異能により、敵軍の動きは大幅に抑制されていた。当然、王国の騎士たちは太陽の異能で強化されている。

強化されていなければ、ゴルドフの異能によって戦闘不能に陥っていただろう。なんとか抗《あらが》うことができている時点で快挙である。

もっとも、ほとんどその場から動けなくなってしまうため、相手の攻撃を防御するので精一杯になり、徐々に前線は押されていく。

それだけではなかった。

渓谷という一本道での戦闘ゆえに、大人数を誇る王国軍は攻めあぐねることになる。

「くそっ！　味方が邪魔で前に進めないぞ！」

「死体は横にどかせ！　動けない者も無理やり移動させろ！」

倒れていく味方の遺体、動けなくなった者たちが地面に転がり山を作ることで、王国軍は満足に前へ進むこともできなくなっていた。

これこそがゴルドフが戦闘場所に渓谷を選んだ最大の理由である。

「いかに数で圧倒していても、地の利はこちらにある。臆さず行け！」

「おおおおお！」

「くっ、このままではいたずらに兵力を削るだけだ。さすがはゴルドフ様、素晴らしい作戦です。だが、それでもこちらの勝利は揺るがない！」

「ぐあ！」

「うっ……」

いかに侵攻ルートを絞り、進軍を少しずつ遅らせたとしても、圧倒的な戦力差が覆ることはない。

戦いが長引けば兵士たちは疲弊する。人間の肉体、精神はそこまで強靭《きょうじん》ではない。ましてや寄せ集めの兵士たちは、一人一人の強さにも差がある。

王国軍が五人倒れようと、反逆者側が一人でも倒れてしまえば最終的に残るのは七千人を超える王国軍である。

加えて王国にはまだ兵力が残っており、この先不利になることがあれば、更なる増援も考えなければならない。

ゴルドフは理解していた。こんな戦いを続けたところで、待っているのは緩やかな敗北だけだということを。

「だが！」

勝機はある。

ディルがセレネを無力化することができれば、王国軍の指揮は大幅に低下する。太陽の異能による強化も消滅してしまえば、ゴルドフが単機で制圧することも可能だった。

ディルが目標を達成するまでの時間稼ぎができればいい。

最大一時間。捨て身でこの戦線を維持し続けることこそが狙いだった。

だが、その計画は破綻する。

「随分と元気ね」

「――馬鹿な！　なぜお前が……ここにいる？」

王国軍、反逆者たちを見下ろすように、彼女は立っていた。否《いな》、空中に浮かんでいた。

「セレネ・ヴィクセント！」

「ヴェルトよ。いい加減諦めなさい。ゴルドフ・ボーテン」

セレネはゴルドフの眼前に降り立つ。直後、影の異能を拡大させ、周囲にいた反逆者たちを一瞬にして串刺しにした。

「がっ……」

「こんな……ことが……」

「っ――指揮官が自ら前に出てくるとは」

「それは貴方も同じでしょう？」

ゴルドフは剣を構え、他の反逆者たちを下がらせる。

（どういうことだ？　なぜ彼女がここに……？　我々の狙いに気づいたのか？）

戦闘開始からすでに三十分が経過していた。予定通りであれば、すでにディルがセレネの元にたどり着き、戦闘を開始している。

しかし彼女は眼前に現れた。戦闘をした気配もない。

疑問を抱くゴルドフに、セレネは不敵な笑みをこぼして言う。

「ディルなら私の元には来ていないわ」

「――！　なんだと？」

「貴方たちの狙いはお見通し……ディルと私をぶつけたかったみたいだけど、残念だったわね」

「……やはり……」

セレネはゴルドフたちの狙いに気づいていた。しかし、気づかれていることも予想した上で、ディルに全てを委ねるつもりでいた。

仮に乱戦になったとしても、ディルとセレネがぶつかり合う展開さえ作れれば、戦況は大きく傾くと予測していたからである。

しかし、ディルはセレネの元にたどり着いていない。

ディルの実力はゴルドフもよく知っている。自身と同等、それ以上の戦闘能力を誇り、不死身の肉体を持つ彼を足止めできる人間など、同じ異能者しかいない。

ふと、ここで気づく。

一人、この場にいない男の可能性に。

「まさか……」

「物好きな男よね。こんな状況なのに、私への気持ちは変わらなかったらしいわ」

◆◆◆

ゴルドフとセレネが対峙《たいじ》する数分ほど前。

単独行動で渓谷の上を走るディルは、周囲を警戒しながらセレネの背後を取ろうとしていた。

「やっぱり上に兵はいないいな」

渓谷の上は森が広がり、川が流れる大自然。川辺を走ることで足音も極力消し、影ができない開けた場所を進むことで、セレネの索敵範囲からも外れていた。

これなら予定よりも早くセレネの背後を取れる。そう考えていたディルだったが、直後に異変に気づいて立ち止まる。

「……おかしい」

ディルは予《あらかじ》め進行ルートの地図は頭に入れていた。もっとも影ができにくい場所を選び、セレネの背後を直接取れるルート。

そして水辺を選んでいた彼だったが、目の前には大きな湖がある。

「ここに湖はなかった。下見した時には確かに……」

湖の水がうごめきだす。不自然に波紋を立て、逆巻く渦のようにうごめき、水の柱が刃のように変形してディルを襲う。

ディルは咄嗟《とっさ》に地面を蹴り、湖から距離を取る。

「そういうことか」

「――彼女の元へは行かせないよ」

水しぶきが舞う中、水面に一人の色男が立っている。ディルが知る限り、セレネに求婚した唯一の男。水を操る守護者。

「アレクセイ・ワーテル」

「こうして対峙するのは初めてかな？　ヴィクセント嬢の元相棒さん」

◆◆◆

「ワーテル卿はそちらについたのか」

「そうみたいね。私もちょっぴり驚いたわ」

「……」

「予想外だったのはお互い様よ。運はこちらに向いているみたいね」

私にとっても大きな予想外だった。

まさか、アレクセイが私の味方についてくれるなんて。王国を乗っ取り、国王を殺した女に協力するなんて、本当に物好きな男だ。

こんなことで私の心が彼になびくはずもないと、いい加減わかっているはずなのに。

ため息交じりに呆れながら、私はゴルドフと向き合う。

「エトワールが見えないけど、後方にいるのね」

「……だとすれば？」

「賢明な判断だわ」

エトワールの異能は私がここにいる時点で機能しない。彼にできることはせいぜい、見えない未来から私の位置を予測することくらい。

今頃、彼は気づいていることでしょう。私がディルと対峙していないこと。ディルが対峙しているのは、アレクセイだということに。

もっとも、今さら気づいたところで手遅れだ。

私は周囲を見渡す。

すでに私とゴルドフの戦闘の余波で、両軍は距離を取っていた。守護者最強と呼ばれたゴルドフと、複数の異能を取り込んだ私の戦いは、常人が介入できる次元ではない。

ゴルドフは戦闘開始前、仲間たちに後退の指示を出している。自分の戦いに巻き込んでしまわぬように。

私もそれに合わせて、自軍の兵士たちには待機を命じた。ゴルドフと戦うなら、彼らの存在は邪魔になる。

「運はそちらにある、と言ったな？」

「ええ」

「残念だが、まだ最悪ではない」

ゴルドフは切っ先を私に向けて続ける。

「こうしてお前と一対一で戦える。俺がお前を倒せば、戦況は一気に傾くだろう」

「そうね。倒すことができれば……だけど？」

私は影を広げる。

足元だけではなく左右の岸壁にも影を展開し、四方八方からゴルドフを攻撃する。ゴルドフは自身の周囲に高重力を展開した。

影の攻撃が重力によって遅くなり、軌道が下に落ちる。

「ここで戦えること、俺にとっては幸運だ」

「……」

天井を除く全てを大地で囲まれたこの空間は、大地の守護者であるゴルドフにとっては一番得意とする戦場だった。

守護者の異能は、地形や環境によってその力をより発揮することがある。アレクセイなら水辺、ロレンスなら強風が吹く場所、ミストリアなら森の中。

環境が強化の要因となるのは、ゴルドフも同じだった。

以前、ディルと戦った時に見せていた重力の力も、今は強化されている。

「ディル様に任せるつもりだったが、俺とて負ける気はない。ここでの戦闘なら、俺のほうが地力は上だ」

「ふっ、ディル様……ね」

「何がおかしい？」

「いいえ、その様子だと知ったのね？　彼の正体……そして、私たちが何と戦い、何を追い求めていたのか」

「……ディル様から聞いている」

「そう」

わかっていたことだし、今さら知られたところで何とも思わない。立場が変わり、敵になってしまった今、私たちだけの秘密ではなくなったのだから。

少し寂しいと思ってしまうのは、私の弱さであり我儘《わがまま》なのだろう。

「セレネ・ヴィクセント。なぜ、ユークリス様を殺した？」

「――今さらそれを聞くの？」

「なぜだ？　お前はディル様とも親しくしていた。ユークリス様とも友好な関係を築いていたと聞いている。それがなぜ……あんなことをした？」

「知ったところで意味はないわ。だって――」

ゴルドフの足元にある影を操作し、股下から影の刃を放つ。ゴルドフはギリギリで気づいて身体を逸らすが、右ももから腹部にかけて斬られ血しぶきが舞う。

「くっ……」

「貴方がここで死ぬ未来は変わらないのよ？」

予想通り、彼の重力操作には影響を受けない範囲がある。それは彼自身の周辺だ。周囲の重力を操作すれば、その影響は自身にも及んでしまう。

だから彼は、自分を含む一定範囲には重力操作を受けないようにしている。私の影は地面を這《は》い、すでにゴルドフの影と連結された。

四方からの攻撃は重力で阻まれても、足元から直接攻撃すれば届く。

となれば――

地面から距離を取るために跳躍する。ゴルドフの重力操作は重くするだけではなく、軽くすることにも使える。

跳躍で上に行き、渓谷を抜けようと考えたのだろう。

「逃がさないわよ」

「っ、やはりダメか」

跳躍したゴルドフに合わせて、左右の岸壁から影の手を伸ばし、ゴルドフの行く手を阻む。ゴルドフは空中で体勢を変え、影に大剣を当てて地面に戻る。

着地と同時に大地の異能で地面を割ることで、私が着地地点を影で攻撃できないように。

「さすが、すぐ対応してきたわね」

「……」

わずかにゴルドフは地面から身体を浮かせていた。影の位置をずらし、攻撃される方向を絞るために。周囲の高重力を継続し、自身には浮遊状態を維持させる。

相反する操作を同時にするなんて、相当な負担が脳にかかっているはずだ。

「長くは続かないでしょう？　それ」

「いいや、もう慣れた」

「――――！」

ゴルドフは一瞬だけ浮遊を解除し、地面を蹴って再び浮遊した。凄《すさ》まじい速度で私の頭上に移動し、急降下して剣を突き刺す。

私は影を半円状にして防御するが、その防御壁ごとゴルドフの剣は貫く。

「その程度の壁は無意味だ」

「みたいね」

私は後ろに跳んで回避し、ゴルドフの剣は地面を叩《たた》き割る。その一撃は凄まじく、渓谷の地形を変えてしまうほどだった。

自身の重さを即座に切り替えて、無重力状態から超高重力で落下し、私の影を突破してくるなんて……慣れたというのも嘘《うそ》ではなさそうね。

さすがに強い。

ディルや私のように能力に依存するだけの強さじゃない。これまでの戦闘経験の豊富さが、戦闘に対する知能を底上げしたのだろう。

もしも私に影の異能しかない状態なら、太陽の異能で強化していなければ、間違いなく私が負けていただろう。

私の影の攻撃にも上手く対応して、隙をつけるようになってきている。戦うほどに、私の攻撃を学習している。

「でも、残念ね」

「――――!」

直後、ゴルドフの身体に無数の切り傷が発生する。思わず膝を突くゴルドフに、追い打ちをかけるように影の刃で攻撃を仕掛ける。

「っ……まだだ!」

高重力を再展開して影の攻撃を止め、再び地面を蹴って私に向かってくる。今度は頭上ではなく正面に、攻撃の瞬間だけ無重力を解除し、重さを剣に加えるつもりだろう。

だったら私は上に逃げる。

そのまま留《とど》まり、ゴルドフを見下ろす。

「……やはりそうなのか」

「気づいたのね？　それとも信じたくなかったのかしら？」

「……それは、大気の異能だな？」

私が空中に留まっているのは、周囲の大気を操作しているからだった。それに気づき、ゴルドフは目を細める。

おそらくは私が彼の前に現れた時点で気づいていたはずだ。気づきながら目を疑い、信じないようにしていたのだろうか。

そう、私が大気の異能を持っているということは……。

「ロレンスを殺したな」

「ええ。私が殺したわ」

「……」

ゴルドフは拳を握りしめている。怒りか、悲しみか、それとも後悔か。なぜかゴルドフはほんの少し安心したような表情を見せた。

「そうか。やはりあいつは逃げたわけじゃなかったのだな」

「……ええ」

「ロレンスはお前と戦い、死んだのだな？」

「そうよ。一人で私の前に立ち塞《ふさ》がったわ。勝てないと知りながらね」

私に未来を、自身の理想を重ねて託すように。

「ロレンスは最期、何か言っていたか？」

「それを貴方に話す気はないわ。貴方には関係のないことよ」

「……そうか。ならばこれ以上は聞くまい。ただもう一つだけ問わせてもらおう」

「何かしら？」

「ロレンスを殺したということは、ミストリア・フルシュも」

「ええ、殺しているわよ」

私は右手を左腕にかざして、今までの攻防で傷ついた部分を回復させる。緑色の優しい光に包まれると、傷は一瞬にして回復した。

これこそが森の守護者の異能。大自然の力を借りることで治癒能力を得る。ここが森の中であれば、破壊された内臓をも再生できるほどの力だ。

「貴方の狙いはわかっているわ。この渓谷を抜けて、上にいるディルたちと合流したいのでしょう？」

「……だとしたら？」

「したところで無駄よ。上は森が広がっているわ。森の守護者の異能を手にした今の私は、森に近づくほどに再生能力が向上する」

つまり、私にいくら傷を負わせても、森林の植物たちの力で回復できる。仮にディルと合流しても、私を殺すことはより困難となる。

「だから、私を殺すならここしかないわね」

「そのようだな」

「そして、もう貴方に勝機はないわ」

「……そのようだな」

強化された影の攻撃に加えて、見えない風の刃、そして大自然を味方につけた回復能力。いかに戦闘経験値の高いゴルドフでも……否、高いからこそ理解も早い。

創意工夫だけでは突破できない壁があることを、彼は理解してしまった。

それでも彼は剣を握り私に向ける。

「意地かしら？」

「俺は彼らを集めて戦うことを選んだ。自らが始めた戦いを、俺の我儘で投げ出すことなどあってはならない」

「そう……意地と言ったのは撤回してあげるわ」

「感謝する」

彼が守ろうとしているのは責任であり、騎士として最期の義務なのだろう。

「俺は、人々を守るために騎士となった。本当は……それができれば異能など、どうでもよかったのだ」

ゴルドフは剣を振るいながら語り始める。もはや叶《かな》わぬ悟りながら、全力で私に向かってくる。

私は迎え撃つ。全霊をもって。

「騎士は人々を守るために存在している」

「そうね」

「異能も、我らが王を守るために存在している……と聞いていた」

「それで間違っていないわ」

風の刃を全身に受け、血を流しながらも前進する。すでに体力も限界が近いのか、重力操作も乱れ始めていた。

四方から迫る影の刃も、重力で防ぎきれず、四肢に突き刺さる。突き刺さった影の刃を無理やり抜いて、攻撃を受けながら前進してくる。

「だが、ずっと疑問だった……本当に、こんな力が必要なのか」

彼は足を止めない。どんな傷を負っても、命がある限り止まらない。まるで、自ら死に向かって歩いているかのように。

そして――

ついに止まる。私の眼前で、あと一歩で届くところまで近づいて、全身を影に貫かれながら。

「もしかすると……この力こそが、争いを生んでいたのではないか……そう、考えていた」

「だったら？」

「セレネ……ヴィクセント。お前が望む未来に……希望はあるのか？」

「あるわ」

「その希望とは、お前にとってか？　それとも……」

「人類にとってよ」

「そう……か」

ゴルドフは目を瞑る。ようやく解放されたように。長きにわたり背負った責任という重荷をおろして……。

「おやすみなさい。誇り高き騎士。貴方が望む未来はきっと来るわ。だからもう、安心して眠りなさい」

返事は聞こえない。

最強の守護者にして、人々を恐怖から救い続けてきた誇り高き騎士は、最期まで剣を握ったまま、戦いの中で死んでいった。


ゴルドフが死んだ時点で、この戦いは決着した。

集まった反逆者たちは、ゴルドフの敗北を見ると撤退を開始している。根性のない連中だと最初は笑ったけれど、どうやら少し違うらしい。

「撤退に統率がとれている……まさか……」

最初からそうするつもりだった？

ゴルドフが敗北した時点で、撤退するように指示を受けていた。あるいは、そういう指示を今、後方から伝達されたか。

「セレネ様、いかがなされますか？」

「全軍待機よ。あとは私に任せなさい」

「はっ！」

私はゆっくりと、逃げていく敵軍のほうへと歩いて行く。追い打ちをかけるためではなく、この先にいる男と会うために。

予想通り、一人だけ逃げずに待っている男がいた。

「意外と勇敢なのね、エトワール」

「そうでもないよ。僕は臆病だ」

エトワール・ウエルデン。ゴルドフと共に私を打倒すべく反逆者たちをまとめていたもう一人の守護者が、ただ一人残っていた。

「どうして逃げなかったの？」

「逃げたところで、僕じゃ君に追いつかれる」

「諦めたのね」

「……いいや、最初からこうなるんじゃないかって、思っていただけだよ」

エトワールは自分の胸に手を当て、目を瞑った。

「僕には君の未来だけが見えなかった。だから怖かった。未来が見えない君が傍にいることが。君がいつか、僕の未来すら奪うんじゃないかと……」

「知っているわ。だから、貴方は私を殺したのでしょう？」

「そうらしいね。ディル様から聞いた。君が僕を恨んでいるのも当然だ。僕は最低だよ。自分の弱さを、君にぶつけていただけだった」

「……」

初めて聞く、エトワールの独白。

彼の本音は一度だけ、私を死に追いやった時に聞いた限りだ。その時に私は、彼が私の未来だけは見えず、怯《おび》えていることを知った。

「僕はね？　誰よりも臆病だった。だから自分の死だけは見たことがなかった。でも君が敵になって、初めて見たんだ。そうしたら……」

「見えなかったでしょう？」

「ああ、真っ黒だった」

私に関することだけは未来視で覗《のぞ》くことができない。つまり、彼の死が見えなかったということは、彼を死に導く人間は……。

「私に殺されることを知りながら、ここで待っていたわけね」

「そういうことになる」

「ひどい男ね。間接的にわかっていたということでしょう？　この作戦が失敗することも」

「……」

それだけじゃないはずだ。

彼は以前、ユークリスの姉であるギネヴィアに魔獣が憑依《ひょうい》していることを見抜いていた。その光景を見ていたのならばおそらく彼は……。

「知っていたのでしょう？　ユークリスのことを」

「――！」

「やっぱり、図星ね」

「……」

彼は気づいていたのだろう。ユークリスも同じく……否、より深く魔獣に侵されてしまっていたことに。それを知りながら、気づきながら黙っていた。

「自分じゃどうしようもないから、私に丸投げしたつもり？」

「……陛下の未来は見ないようにしていた」

「責任を取りたくないからでしょう？」

「そうだよ。僕は臆病だった。知ることで、自分が巻き込まれたくなかった。だから、どうせなら君に全部任せようと思った。その結果がこれだ」

エトワールはため息をつく。呆れたような表情だが、きっと私にではなく、自分自身の弱さに呆れているのだろう。

「だから今、ここで君に殺されることは、僕にとって相応《ふさわ》しい最期なんだよ」

「死が償いになると思っているなら、滑稽ね」

「思っていない。僕はこれ以上……未来に関わりたくないんだ」

「本当に臆病者ね。でも――」

私の影が、エトワールの胸に伸びる。彼は逃げない。恐怖し、震えながらも、目を閉じてその時を待っていた。

「貴方が一番、人間らしいわ」

◇◇◇

セレネとゴルドフの激戦が続く一方、渓谷上部でも激しい戦闘が繰り広げられていた。

水の守護者アレクセイ・ワーテル、月の守護者ディル・ヴェルト。両者の間には、圧倒的な差があった。

不死身であり、夜であれば不自由なく能力を行使できるディルは、まさしく世界最強。純粋な戦闘能力では、アレクセイに勝ち目はなかった。

だが、攻防は拮抗《きっこう》している。

水辺であるという利点を差し引いても、能力的にはディルが圧倒してもおかしくない。しかし、ディルにとってアレクセイの異能は、最悪の相性だった。

「血液も水分だ！　俺の異能は水を操る。君が操る血液に俺の水を混ぜるだけで、君の武器はそのまま俺の武器になるのさ！」

「そうらしいな」

湖や川、大気の水分を味方にして、四方八方から攻撃するアレクセイに対して、ディルは体術で対抗していた。

体外での血液操作は、アレクセイの異能の前では著しく阻害されてしまう。戦闘開始一分足らずでそのことに気づいたディルは、血液操作を体内のみで完結させることで膂力《りょりょく》を向上させる。

異能を完全に扱えるアレクセイに対して、自らの肉体の身で戦うことを余儀なくされたディル。

それ故の拮抗状態である。

「どうして、彼女の味方をしたんだ？」

「愚問だね！　ヴィクセント嬢は未来のフィアンセだ！　味方しない理由がどこにある？」

「王国を乗っ取った大罪人だとしてもか？」

「彼女が何を望み、何を願っているかは関係ない。そこに俺がいる。俺が彼女の未来の一部になれるのなら、それこそが俺の求める未来だ！」

「めちゃくちゃな理論だな」

アレクセイは未《いま》だ知らない。セレネの真の目的を。味方すると伝えた時、聞くことすらなかった。興味がないのではなく、意味がないのである。それを知ろうと、知らないままであろうと、彼はセレネの味方をする。

そういう男であると、ディルは改めて理解する。

「呆れた奴《やつ》だ」

「こちらのセリフだよ。君こそ、どうして彼女と敵対しているんだい？」

「そんなの決まってる。あいつはユークリスを殺した」

「その通りだ。にもかかわらず、君は彼女を恨んでいないじゃないか」

「――――！」

心を見透かされたディルは、一瞬だけ動きに躊躇《ため》いが生じる。それを見逃さなかったアレクセイはディルを捉え、水の球体の中に閉じ込める。

「っ……」

「君は恨みで彼女と敵対したわけじゃないだろう？　どうしてそっち側にいるんだい？　君は彼女にとって何だったのかな？　俺は知りたいんだ」

「……」

「今だからこそ問おう！　君は彼女をどうしたいんだい？」

アレクセイの問いに答えるように、ディルは水の球体を破壊する。全身から血液を噴射して、一時的にアレクセイが支配する水を押しのけ、後は力技で抜け出した。

「ごほっごほっ……」

「やっぱり、この程度じゃ君は殺せないみたいだね」

「当たり前だ……俺は不死身の怪物。もしも俺を殺すことができるとすれば……」

ディルは見据える。アレクセイではなく、そのはるか遠くにいるであろう彼女のことを。

「お前じゃないぞ。アレクセイ・ワーテル」

「妬《や》けてしまうな。彼女の言った通りじゃないか」

「――！　セレネ？」

「俺が足止めをすると提案した時、彼女はこう言っていたよ」

――貴方じゃディルは殺せないわ。どんな異能でも、魔獣でもディルは死なない。

「君が負けることはありえないってね」

「……」

「美しい信頼だよ。敵同士になっても、いいや、だからこそ言えるのかもしれないけどね」

アレクセイは湖の水、川の水、大気の水を一点に集めていく。高圧縮され生成されたのは、一振りの剣だった。

能力によって極限まで密度を増した水の剣を握り、アレクセイは構える。

「俺は彼女に好意を抱いている。彼女の立ち姿も、生き様も、信念も、全てが愛《いと》おしくてたまらないと思っているよ」

「……そうか」

ディルも構える。

自らの血液を押し固めて、アレクセイと同じ大きさで、同じ形をした真っ赤な剣を握り、アレクセイに切っ先を向けた。

「俺にはわかるよ。彼女にとって、君は特別な存在だ。嫉妬してしまうほどに、君たちは通じ合っている」

「……そうかもしれないな」

ディルとセレネ、二人はお互いの秘密を共有し、初めてできた協力者……否、共犯者だった。

そこには確かに、絆《きずな》のような繋《つな》がりがあったことを、ディルは感じている。

「これが最期になるからね。君はどう思っているんだい？　君はただの仲間なのか？　それとも彼女にとって……」

「俺は――」

ディルは語る。本音をさらけ出す。

その言葉を最後に、両者は剣を交えて、お互いの剣が心臓を貫いた。

「……っ、まったく、俺も損な役回りだ」

「……」

「恋敵に……エールを送るなん……て……」

血を流し倒れたのはアレクセイだけだった。

不死身の肉体を持つディルの前で、相打ちは存在しない。この勝負の結末は、最初から決まっていたことだった。

「……正反対だと思ってたんだけどな」

アレクセイが持っていた水の剣は、彼が倒れたことで統率を失い拡散し、噴水のように上へと押し上げられ、雨が降る。

一瞬の雨は湖を作り、白け始めた空には虹ができていた。

「不器用なところは、俺と似てるな」

◇◇◇

「――！　そう、アレクセイが死んだのね」

私の中に、アレクセイの異能が流れ込んでくる。こうなることを予測して、予め彼の影を繋げて、死んだら回収できるようにしていた。

予想通りだ。

エトワールから星の異能を回収したことで、私は初めて未来を見る。

「……皮肉ね。未来が見えるというのも」

すでに命を失い、抜け殻となったエトワールの身体に背を向けて、私は待つ。

コツン、コツンと足音が響き、渓谷の奥、暗闇から彼はやってくる。

「会いたかったよ、セレネ」

「ええ、私もよ。ディル」

私たちは再び邂逅《かいこう》する。

これが最期だと、互いに理解しながら。

第六章

私だけのエンディング

ずっと、こんな日が来るんじゃないかと思っていた。

初めて彼女を見つけた日から、言葉を交わし、異能をぶつけ合った日のことは、今もハッキリと思い出せる。

あの日から、漠然とした予感はあったんだ。

こんな風に……。

「セレネ」

「ディル」

敵として向かい合う日が、いずれ来るんじゃないかという予感が。

関わり合い、互いの秘密を打ち明けて、運命共同体のような関係になった。お互いのことをさらに知りながら、目的のために同じ道を進んで行く。

お前はこの関係を共犯だと言ったけど、そんな難しいものじゃない。ただの、気の知れた友人のようだと俺は思っていた。

お前がどういう人間なのかを知る度に、あの予感は気のせいだと思った。

けれど、忘れた頃に思い出すんだ。

あるはずがないと反論しながら、俺の魂が時折思い出してしまう。俺たちが敵同士になって、互いの命を奪い合う光景が。

原初の魔獣を倒していくことで、俺たちは過去の記憶を垣間見《かいま》た。

王から始まり、六人の守護者が誕生し、月と影の異能が生まれた。彼らは争い、そして月と影の守護者はそれぞれ死を迎えた。

その後どうなったのか、俺にはわからない。

きっと――

「お前は知っているんだよな？　セレネ」

「ええ、知っているわ。全てを」

「教えてくれないか？　あの後、過去の守護者たちがどうなったのかを」

「……嫌よ」

彼女はわずかに逡巡《しゅんじゅん》し、笑みを浮かべながら拒否した。

俺は顔をしかめる。

「どうしてだ？」

「教えたところで意味はないわ」

「意味ならあるだろ？　お前がこの道を進んだ理由が、お前が見た過去にあるかもしれないんだからな」

「関係ないわよ。そんなことはもう関係ないの……」

セレネの足元から影が広がっていく。それに対抗するように、俺も自らの身体《からだ》から血液を流れ出させて、領地を広げるように地面へ広げる。

「彼らの過去も、この世界だってどうでもいい。私はただ、私が望む理想を掴《つか》むだけ」

「セレネ……」

影と血、二つの力が徐々に広がり、互いの中間地点で――

「だから、死んでもらうわよ。ディル」

「俺は殺せないよ。怪物だからな」

触れ合った瞬間、戦いの幕が上がった。

洪水のようにあふれる血液で彼女を攻撃し、セレネも影を最大限に広げて迎え撃つ。影の刃《やいば》と血の刃が斬り結ぶ。

攻防は激しさを増して、俺たちは渓谷の壁を駆けあがりながら戦い、そのまま地上へと戻った。森を駆け、川を越えて、湖を横目に戦った。

会話はなかった。ただ、お互いの異能をぶつけ合うだけで、その力に意志が宿っているのを感じ取っていた。

どちらが優勢とか、劣勢とかもない。

戦いながら場所を移動し、気がつけば俺たちは、懐かしい場所にたどり着いていた。

「ここは……」

「パーティー会場の外ね」

「ああ、よく覚えているよ。ここで俺は、お前と初めて話したんだ」

「ええ、貴方がいきなり襲い掛かってきた場所よ」

「そうだったな」

あの時の俺は、まだ死ぬことだけを考えていた。

不死身の肉体を得て、人々の記憶から忘れられてしまった俺は、ユークリスの邪魔になりたくなくて、自分を殺せる誰かを探していた。

今ならわかるよ。

死にたかったのは、自分のためだということが。

「俺は逃げていただけだった。自分の運命から、この呪いのような力から逃げ出したくて……死ぬことを望んでいた。ユークリスのためとか言い訳までして」

「……」

「情けないよな。死ぬ理由を、弟に背負わせようとしたんだから」

「貴方だけじゃないわ。貴方たちは本当に、似た者兄弟ね」

「まったくだ」

呆《あき》れて笑ってしまう。

俺がユークリスのために死にたいと考えていた時、ユークリスもまた死を望んでいた。セレネに自分を殺してほしいと懇願した。

俺を苦しめる呪いを、自分の命を捧《ささ》げることで解こうとしていたんだ。

彼女の言う通り、俺たちは似た者兄弟だった。それが少し嬉《うれ》しい反面、不安でもあった。

ユークリスと久しぶりに話して、お互いの気持ちを打ち明けて……ようやく俺は、自分の本心が生きることを望んでいるのだと気づいた。

「死にたかったわけじゃない。本当は普通に生きて……普通に死にたかっただけなんだ」

「誰だってそうよ」

「お前もまだ、そうなのか？　セレネ」

「……さぁ、どうでしょうね」

俺たちは思い出を確かめ終えると、再び異能をぶつけ合う。まるで何かを思い出したかのように、忘れ物を探すように。

俺たちは戦いながら、場所を移した。

意識しているわけじゃないのに、なぜか吸い寄せられるようにたどり着いたのは、ヴィクセント家の屋敷だった。

「帰ってきたな」

「そうみたいね。もう誰もいないわよ」

「まさか……」

「殺したわけじゃないわ。邪魔だから出て行ってもらっただけよ」

「そうか」

どこかホッとして、胸をなでおろす。

もうすぐ朝日が昇る。灯《あか》りは一つもついておらず、人の気配もない。彼女の言う通り、この屋敷には誰もいないらしい。

思う存分戦うためか。それとも……。

「なんだか、ここに何年も暮らしていたような気すら感じるよ……」

「……私も、貴方がずっといた気がしていたわ」

「実際にいた期間なんて、簡単に思い出せるくらい短いのにな」

「そうね。ごく最近の話よ」

セレネと共闘関係になってから、俺は彼女の屋敷の使用人として身を潜めていた。

彼女はヴィクセント家の当主になっていたから、その仕事を手伝ったりもしていた。少し前まで宿もなく、太陽を避けながら暮らしていた影響もあるのだろう。

帰る家があることは、俺にとっても心の安らぎに繋《つな》がっていた。

そんな場所を、今は戦場にする。

お互いの異能がぶつかり合う度に、庭に穴が開いて、建物の壁は崩壊していく。俺にその気はないけれど、彼女は意識的に壊しているように見えた。

それはまるで、過去の思い出を振り払うように。思い出が決意を緩めてしまわぬように。

そして再び、俺たちは王城の近くに戻ってきた。

王城にも人がいない。空っぽになった城の中は戦いやすくて、周りを気にする必要もなかった。

彼女はこうなることを……。

「予測していたのか？」

「さぁ、どうかしらね。単に一人が好きなだけよ」

「嘘《うそ》つくなよ」

俺はもう知っている。

彼女が本当は、寂しがり屋だということを。一人を好んでいるわけじゃない。誰も信用できなかったから、一人になるしかなかっただけだ。

本当に一人が好きなら、俺とも、ユークリスとも関わろうとはしなかった。腹違いの妹、ソレイユのことだって、無視し続けていればよかった。

非道に振る舞っているだけで、彼女の心には優しさが宿っている。

俺は誰よりも彼女を近くで見守っていたから、彼女が隠したがっている甘さの部分も知っていた。

だからこそ、俺は問わなければならない。

「どうして、ユークリスを殺したんだ？」

俺たちは玉座の間にたどり着いていた。

かつて国王が、俺の弟が座っていた椅子を背に、セレネは冷たく言い放つ。

「必要があったからよ」

「必要……」

「そうよ。私の理想を叶《かな》えるためには、あの子の異能が必要不可欠だったの」

「だから殺したと？」

「ええ」

「嘘が下手だな。お前がただそれだけの理由で、ユークリスを殺すはずがないんだ」

俺は知っている。彼女の中に優しさがあることを。

ユークリスに何度も殺してほしいと懇願され、それを跳ねのけて怒るような人間が、自分のためだけにユークリスを殺すとは思えなかった。

ずっと疑問だった。

怒りよりも、悲しみよりも、疑問のほうが大きくなっていた。

「貴方がそう思うのは勝手よ。でも意味はないわ。私は最初から、私が好きに生きるためだけに行動しているのよ」

「それも嘘だな」

「信じないなら勝手にしなさい。ここでやるべきことは変わらないわ」

「セレネ……」

セレネは玉座を破壊する。

その行動にどんな意味があるのか、俺にはわからなかったけど。彼女が玉座を破壊したことを合図に、再び戦いは始まった。

破壊した玉座が地面とぶつかり、その拍子に火花が散ったのか炎が立ち上る。床に敷かれた絨毯《じゅうたん》に引火して、そのまま炎は燃え広がる。

戦いが激しさを増すごとに、炎は壁や天井まで伝わり、気づけば玉座の間は炎に包まれてしまっていた。

もはや逃げ道はない。いいや、お互いに逃げる気なんてまったくなかった。

彼女も俺も、燃え広がる炎なんて気にしていない。見ているのは、互いの姿だけだった。

「あとは貴方だけよ。貴方さえいなければ、私の理想は達成される」

「俺は殺せないよ。いくらお前でも」

「いいえ、それでも殺すわ。不死身の貴方を殺してあげる」

「セレネ！」

どうしてだ？

殺気は感じる。全力を出している圧力もある。だけどなぜ、彼女は影の異能しか使わない？

彼女はすでに六家の異能を全て吸収しているはずだ。

太陽の異能は彼女の影を強化する。しかし、彼女の影は初めて会った時のままだ。

水の異能と大気の異能を併用すれば、より多彩で広範囲の攻撃だって可能になる。特に水は俺の血液操作を阻害する。

大地の異能はかつて俺を追い込んだ重力がある。俺の攻撃手段を限定することができることを、彼女はよく知っている。

戦いの中で頰や手足に傷を負っている。森の守護者の異能なら、あの程度の怪我《けが》なら一瞬で治癒できるはずだ。

そもそも、星の守護者には未来視の力があった。その力を行使すれば、俺の行動なんて簡単に予測できるし、対処もたやすい。

もしも彼女に、不死身である俺を殺せる手段があるのだとしたら、彼らの異能を使うことで決着はとっくについている。

どうして……。

「動きが鈍ってきたわよ？　不死身でも疲れはあるみたいね」

「……それはお互い様だろ」

明らかに影の異能も弱まりつつある。

連戦からの疲労か。それとも、何か別のことに力を割いているのか？　わからない。誰よりも近くで彼女を見てきたはずなのに、今の彼女が何を考え、何のために戦っているのかがわからなかった。

疑念は振るう刃を鈍らせる。

この肉体が不死身じゃなければ、とっくに俺は死んでいるだろう。

斬られながら、血を噴き出しながら、俺は彼女の真意を確かめたくて、彼女に触れたくて、ただがむしゃらに手を伸ばした。

「セレネ……お前は一体、何を求めているんだ？」

「言ったはずよ、ディル」

彼女は俺の手を取ろうとしない。振り払い、代わりに影の刃を突き立てる。

「私は、私の理想を叶える」

「その理想はなんだ！　お前は何のために！」

彼女は指をさす。俺の左胸を、心臓を。

そして笑みをこぼす。

「不死身の貴方を殺してあげる」

「——！」

過去最大級の殺気、敵意が俺を襲う。

俺の肉体は死を拒絶する。ただ単純に不死身というわけじゃない。この肉体は、自身が傷つくことを否定し続ける。

それ故に、無意識に反撃行動をしてしまうことがある。

死を拒絶するということはすなわち、死に引きずり込むような事象を、相手を阻むということでもあった。

俺の身体は勝手に動いた。

セレネという、自身を本気で殺そうとしている人間を排除するために。自分の意志では止められない。右手で握った血の剣は、彼女の胸を貫いた。

「そしてこれが……」

彼女の殺気が、敵意が嘘のように消えていく。

覆っていた影も役割を終えたように霧散して、彼女は全身の力を抜いて後ろに倒れていく。清々《すがすが》しいほどの、笑顔を見せながら。

「最後の欠片《かけら》よ」

「――セレネ！」

俺は彼女を咄嗟《とっさ》に抱き寄せた。

今さら気づく。彼女は最初から、俺を殺す気なんてなかったことに。どうして気づくことができなかったのだろう。

俺なら気づくことができたはずだ。なぜなら彼女が見据えていたのは……望んでいたのは、自らの死だということに。

「なんでだ……セレネ」

「……ひどい顔ね」

力なく倒れ込むセレネを抱き寄せながら、燃え上がる部屋の中心でしゃがみ込み、俺は彼女を見下ろした。

ここにいるのは、皆の敵になった悪しき国王ではなくて……悪ぶっているだけで根は優しい。本当はちょっぴり寂しがり屋の彼女だった。

「そんな顔をしていたら……国民が心配するわよ」

「今さら何言ってんだ。俺はもう……王子なんかじゃないぞ」

「そうね……だから、これからは国王を名乗りなさい」

「――！　何を……無理だよ。みんな俺のことは忘れている。それに俺は……この身体は人間じゃない。ただの怪物に、王は名乗れない」

「それも……もう終わりよ」

セレネはゆっくりと腕を上げ、指をたて、俺の心臓を指し示す。

「貴方はもうすぐ……ただの人間に……ディル・ヴェルトに戻るわ」

「──セレネ、お前はまさか……そのためなのか？」

「……」

彼女は優しく微笑《ほほえ》む。

こんな笑顔は初めて見せる。どこか切なげで、安心したような……彼女には似合わない弱々しい笑顔を。

◆◆◆

私はユークリスを殺した。

本来ならばその時点で、王の異能は消えるはずだった。だけど知ってしまった。ユークリスが見ていた王の記憶を。

王の異能と守護者の異能は繋がっている。どちらも人々の願いから生まれた力であり、人々が願い続ける限り消えることはない。

仮にここで王が死んだとしよう。

その場合、別の誰かが王の異能を発現するだろう。反対に守護者が全て滅んでも、いずれ新しい守護者が誕生する。

世界の認識は修正され、最初からそうだったかのように。

「異能を完全に消滅させるには、まず守護者を殺し、その力を取り込んでから王を殺さないといけないのね」

ユークリスは私たちに未来を託して死を選んだ。

私やディル、残された人が幸せに生きていけるようにと願って。自分が死ぬことで、全ての異能をこの世界から消そうとした。

けれど、彼はまだ幼く、かつての王の記憶を見ていながら、完全に理解するには至っていなかった。

「それじゃダメなのよ……ユークリス」

貴方がここで死んでも、王の異能は消えたりしない。別の誰かが王の力を宿し、国王という地位に落ち着くだろう。

そのことに誰も気づかない。もしかすると、私やディルは気づくかもしれない。他の守護者たちも、違和感を覚えるかもしれない。

それでも、大抵の人間は気づくことはない。玉座がすり替わろうとも、彼らにとっては些細《ささい》なことだからだ。

王さえいるのなら、自分たちを守り支える王の力が残っているのなら、彼らの心は安らぎを手に入れることができる。

「本当に勝手ね」

自分たちの願いが、誰かを苦しめているとは思いもよらないのだろう。少しずつ、何も知らずに平穏に生きる人々に苛立《いらだ》ちを感じ始めた。

このままでは、ユークリスの覚悟が、想《おも》いが無駄になってしまう。

新たな王が誕生すれば、人々はその王に期待を寄せるだろう。守護者たちも移り代わるかもしれない。

守護者は本来、王を守るために存在している。

人々の願いが、王を守ってほしいという思いが形になったのが、六人の守護者だった。

ただし、私たちは例外だ。

月の守護者や、影の守護者だけはこの法則には当てはまらない。

なぜなら私たちが生まれたのは、人々の願いからではなく、王自身の願いからなのだから。

ユークリスは願った。自身を殺してほしいと。だから私が、影の守護者が生まれた。

王族は短命だった。彼は怖かった。死んでしまうことを望みながら、それでも死に恐怖した幼き王は、永遠の命を望んだ。

その結果、不死身の肉体を持つ月の守護者、ディルが誕生してしまった。

私たちは王の願い……そう、ユークリス自身の願いによってこの力を獲得している。

「ならもしも……王が代わったら？」

私たちはどうなる？

これは仮説だけど、私たちは永遠に、この力と共に生きることになるのではないだろうか。願ったはずの王がいなくなれば、私たちは繋がりをなくす。

ユークリスの死は、私たちを異能の鎖から解放するのではなく、むしろ呪いとなって永久に縛られ続けることになるのではないか、と。

そうなれば、ユークリスの願いは叶わない。

どころか、逆に私やディルを苦しめることになって、彼の死は無駄になってしまう。

「そんなことさせないわ」

だから私は、彼の異能を奪った。

他の誰でもない。私自身が王となり、願いを叶えるために。

◆◆◆

「力を手に入れて……確信したわ。やっぱり私の考えは正しかった」

ユークリスから王の力を簒奪《さんだつ》したことで、彼がこれまで見てきた王の記憶や、王の力の神髄を知ったことで、私の考えは確信へと変わった。

予想通り、もしもあのままユークリスの力が他人に渡っていたのなら、私たちの呪いは永久に解けることはない。

「私はループを続け……貴方も忘れられて……死ねないまま生き続けたわ」

「だから……ユークリスの力を奪ったのか？」

「そうよ」

「……どうしてだ？　力を奪ったのなら、なぜ自分だけ助かる道を選ばなかった？」

「……」

私を掴んでいるディルの手に、ぎゅっと力が込められる。私を見下ろすディルの表情が歪《ゆが》み、痛みに耐えているような……苦しんでいるような顔をする。

「王の力が、願いを叶える力だというなら、お前はその力でループから解放された。望んでいた通り、自由になれたんだぞ」

「そんなに簡単じゃないわ」

王の力は万能ではない。自分の意志だけで願いを叶えることはできない。もしもそんなことができるのなら、とっくにユークリスが願い、私やディルはこの呪いから解放されている。

「王だけじゃない……異能がある限り、私たちは縛られ続ける……もしループから解放されても、今度は別の運命が……私たちを縛ることになったわ」

異能なんて力が存在しているから、私たちは運命に翻弄《ほんろう》され続けている。王も、守護者も、私たちもそう。これまで多くの人々が宿命に縛られ、苦しみ続けてきた。

その根源は、人々の願いだ。

かつて人々が安息を願い、叶えてしまったが故に起こった悲劇が、時代を超えて続いているだけに過ぎない。

「だから私は……この世界から異能を消し去りたかったの。そうすれば、もう……誰も運命に翻弄されることはなくなる。貴方も……」

「そのために、守護者たちを殺《あや》めたのか？」

「ええ」

私は願った。この世界から異能がなくなってほしいと。

しかし願うだけでは叶わない。なぜならこの力は、人々の願いを叶えるために存在しているのだから。そう、故に人々が望まなくてはならない。

──異能など、この世界には必要ない。


そう思わせるためには、人々が異能を拒絶するように仕向ける必要があった。

「守護者が敵になる……今まで信じていた力が、砦《とりで》が崩壊し……自分たちの生活を脅かす。そうなれば、人々は魔獣ではなく……異能に恐怖する」

「……人々の願いが、異能がない世界に傾くように、お前は守護者を敵に回したのか」

「それもあったし、守護者はどちらにしても消さないといけなかったのよ」

「王の異能を消すためにか？」

「ええ……私の願いを叶えるためには……二つの条件を満たす必要があったの」

一つは月と影を除く六つの守護者の異能をこの手に集め、破壊すること。

これは六つの異能は王を守るために、人々の願いから生み出されたものだった。王を殺すなら、先に守護者を殺さなければならない。

加えて、私が望んだ願いは、世界そのものを変革することになる。大きな願いには、相応の対価が必要になる。

膨大な願いのエネルギーなくして、私の願いは叶えられない。

故に、人々の願いから生まれた六つの異能を取り込み、自身の願いの力に変換する必要があった。

「私や……ディル、貴方の異能は例外よ……願ったのは、ユークリスだもの」

「そうか。だから俺との戦いで、他の異能を……使わなかったのか」

「使わなかったんじゃないわ」

「……使えなかったんだろ？」

「そういうことよ」

アレクセイが死亡し、六つの異能全てを回収したことで、一つ目の条件は満たされた。私の影で取り込まれた異能たちは、私の中で王の異能と融合を始めた。

ディルと対峙《たいじ》していた時にはすでに、異能の融合が始まっていたから、私は六つの異能を戦闘で発動させることができなかった。

そして戦いの最中に、完全に六つの異能が王の異能に取り込まれたことを感じ取った。

「これで……一つ目の条件は整ったわ。あとは……」

「もう一つの条件はなんだ？　お前は、その願いを叶えるために……異能から、世界から何を要求されたんだ？」

「……貴方よ、ディル」

「え？」

もう一つの条件は、私が願いを叶えるための条件でもあり、私のループを終わらせるための条件でもあった。

その条件は……。

「もっとも信頼する人間に、殺されること」

「――！」

私は影の異能でユークリスから王の力を簒奪した。

別々だった力は、私が願いを確定させたことで一つの形に融合した。その結果、王としての願いの完了と、影の異能に宿ったループの完了、二つの条件が一つになった。

私はこのループから抜け出したかった。

すなわちこれも、私自身の願いだ。

人間は誰しも、死によって生涯を終える。人間にとってもっとも大切なものは命であり、命なくして人生は歩めない。

それ故に、願いを叶えるための最後の欠片は、私自身の命に他ならない。ループが終わるということは、私の命が枯れることを意味する。

「私は……願いを叶えることができたのよ。こうして……」

「……ふざけるなよ」

「ディル？」

彼は怒っていた。私を抱きしめる手を震わせながら、瞳を潤ませながら。

「お前は勝手すぎる。誰が望んだ？　俺はこんなこと……」

「……そうね。貴方は望まない。自分だけが助かる道なんて、甘い貴方が選ぶはずない」

「それがわかっているなら！」

「――でも、これしかなかったのよ」

「――！　セレネ……」

「これしか……貴方の呪いを解く方法は……なかったの」

私だけが助かる道ならあった。

王の力を使って、ループだけを終わらせるほうが、よっぽど楽だし確実だった。影の異能と王の異能が一つになったことで、ループを終わらせること自体は難しくなかったのだ。

ただ、その方法で解放されるのは、王の力を持っている私だけ……ディルはユークリスを失ったことで、永遠に不死のままだ。

誰からも忘れ去られたまま……死にたくても死ぬことができない。そんな状態で永遠に生き続ける。身体も老いない。

私が死んでも、彼だけは生き続けることになっただろう。

ユークリスも私もいなくなって、彼のことを知る人間は誰一人として残らずに、人類が滅んだとしても、彼は死ぬことを許されない。

孤独に、朽ちることもなく、ただただ生き続ける。

まさに地獄だ。想像しただけでもぞっとするし、私ならきっと耐えられない。生まれてきたことを恨むだろう。

優しい彼でも、長い年月をかけて心が壊れてしまった時、こう思うかもしれない。全てはユークリスが、弟が望んでしまったのが悪いんだ、と。

そんな風に弟を責めるディルを、私は見たくなかった。

「俺のために……お前は命まで捧げるのか？」

「……そうかもしれないわね」

ハッキリそうだとは言えないのが、少し情けなかった。

ここまで来て、恥ずかしさなんて人間らしい感情が表れてしまう。目的のために手段を選ばず、非道も望んで受け入れて……たくさんの命を奪った。

そんな私が、今さら恥ずかしいなんて思うのは……きっとディルの前だけだろう。

私はそんな自分が情けなくて……でも、悪くないと思ってしまうから、笑みがこぼれる。

「俺にはわからない。どうしてそこまでしてくれる？　お前は……」

「……ディル」

「答えてくれ、セレネ。なんでお前は、俺みたいな他人のために、ここまでしてくれる？」

「……」

ディルは真剣な表情で、瞳を潤ませ涙を堪えながら私に尋ねてくる。まだ少し恥ずかしい気持ちがあった。

でも、どうせこれが最期になるから……今だけは、本心を語ろうと思う。

「ユークリスが……私に言ったのよ」

「え？」

「自分の幸せのために生きてほしいって、あの子は死ぬ間際に言ったの」

「……」

「笑っちゃうわよね。そう言いながら自分は、最期の瞬間まで私やディルのことばっかり考えていたのよ。そんなあの子に言われて、私は想像したの」

自分が求める理想を。

遠い先、あるいは近い将来、幸せを手に入れた自分の姿を、取り巻く環境を思い描いた。楽しそうに笑っている自分は、なんだか別人みたいで変な気分になった。

私にもこんな表情ができる日がくるのかなと、自分の想像に驚かされた。けれど、一番驚いたのは私の表情じゃなくて……。

その隣に、彼がいたことだった。

「私が幸せだと思える景色の中に、ディル……貴方がいた。貴方も……一緒に笑っていた」

「俺が……お前と一緒に？」

「ええ、驚いたでしょ？　それに……滑稽よね」

一人で生きていく覚悟をした。

九回目のループ、九回の死、その回数だけの絶望を味わった私は、もう誰も信じない。他人を信じたところで、幸福は手に入らないと悟った。

だから十回目のループでは、自分だけを信じ、自分の気持ちに正直に……思うがまま生きてみようと思った。

甘さも九回目の死と共に捨てたつもりでいたのに……結局、私は甘さを捨てられなかった。胸の奥底に隠していただけだった。

「貴方のせいよ……ディル。貴方と関わったから……」

「セレネ……」

ディルと出会い、共に様々な経験をする中で気づかされた。私以外にも運命と向き合い、もがき苦しんでいる彼と出会ったから。

彼の甘さが移ってしまったのだろう。

閉じ込めていたはずだった自分の甘さが、彼の甘さ……いいえ、優しさに引き寄せられて、いつの間にか隠せなくなっていた。

そう……私は彼と出会って、一緒に過ごして……。

「楽しかったのよ。この数か月が……私には夢みたいだった」

「……」

「辛《つら》いことがたくさんあった。でも楽しかった。貴方が……ユークリスが、みんなと出会えたから……今日までの日々は楽しかった」

私は気づいてしまった。

自身の幸福が、ディルがいなくちゃ……彼という存在なくしては、成立しなくなっていることに。

それほどまでに、彼の存在が私の中で大きくなっていることに。気づいてしまったら、もう誤魔化すことはできなかった。

「……そうだな。俺も……楽しかったよ」

「本当？」

「ああ、嘘じゃない。心から思うよ。一人孤独に死を求めていた俺を、暗闇から引きずり戻してくれたのは、お前の手だったんだから」

ディルが私の手を握る。

彼の手は冷たくて、まるで死人みたいだった。けれど徐々に、温《ぬく》もりを感じ始める。不死身の怪物だった彼が、徐々に人間になっていく。

ホッとした。

私の願いは、ちゃんと叶えられるのだと。私の足掻《あが》きは、私の人生には……ちゃんと意味があったのだと。

私だけが解放されても、幸せにはなれない。私の幸せは……ディルが幸せになってくれないと、決して手に入らない。

必死に考えたけど、残念ながら難しいようだ。私が思い描くような未来は……どう足掻いても手に入らないと悟った。

ならばせめて、ディルだけでも幸福になってほしいと思った。

たとえ私の全てを捧げてでも、ディルが幸せになってくれたら……。

「私は満足よ。貴方に殺されて……貴方を解放して死ねるんだから」

「っ――」

「ねぇ、だから笑いなさい。貴方はもう……自由なのよ」

「……無理を言うな」

ディルの瞳から涙があふれ出る。ずっと堪えていたらしい。大粒の涙が頬を流れて、私の顔にポツリと落ちた。

「ディル……」

「俺一人だけ生き残って、幸せに思えるわけないだろ」

「大丈夫よ……私が死ねば、全部元通りになるわ。そう願ったの」

異能によって失われていたディルの記憶は、人々に還元される。異能のない世界で、ただの国王としてディルが存在する。

そういう風な世界に作り替えられ、人々の認識も上書きされるだろう。そこまで含めて、私が願ったことだ。

ディルが独りぼっちにならないように。彼には多くの人に囲まれて、慕われて、求められて、眩《まぶ》しい日の光を浴びて、穏やかに生きてほしいから。

「貴方の記憶も……いずれ消えるわ」

「――――！」

「私のことも……ユークリスのことも……全部忘れられる。だから、大丈夫」

「ふざけるな！」

ディルは叫んだ。

炎は王城中に広がり、さらに猛々《たけだけ》しく燃え広がっている。私たちを取り囲む炎が揺らめくほど、ディルは激しく声を上げた。

「俺は忘れないぞ！　絶対に……忘れるものか」

「ディル……」

天井が崩れ始めた。炎の勢いは止《と》まることを知らず、私たちの身体を熱で焦がす。王城にはほとんど人がいなかった。

消火しようにも間に合わない。異能でもあれば可能だったかもしれないけど、残念ながら全ての異能は、私が食べてしまったから。

それでもまだ、完全に炎が王城を燃やし尽くす前なら、逃げることだって可能なはずだ。

「早く……行きなさい。ディル」

「断る」

「私が死ねば、貴方は不死じゃなくなるのよ？　そうなったら……死んでしまうわ」

「そうだな」

「死ぬのよ？　ここで、炎に包まれて……」

「ああ、君と一緒に死んでやる」

「――！　どうして……」

どうしてディルは逃げないのだろうか。

彼の瞳からは恐怖を一切感じない。死が迫っているというのに、私の身体を離さず、優しく抱きかかえたまま見つめている。

「気づいてたんだ」

「え？」

「お前が……何か大きな願いのために戦っていることに」

「ディル……？」

彼は呆れたように微笑み、口を開く。

「エトワールが教えてくれた。あの日、どうしてお前がユークリスを殺したのか」

「――！　そう……」

どうやらディルは知っていたらしい。ユークリスが最後の魔獣に取り込まれて、殺す以外に助ける方法がなかったことを。

「あいつはずっと死にたがっていた。俺たちのために……そんなあいつだからこそ、自分の命を差し出す選択をしたことに疑いはない」

「……だとしても、殺したのは私よ。貴方の弟をこの手で……」

「だからお前は、そんなにも苦しそうな顔をしていたんだろ？」

「え……？」

私の……顔？

「ずっと見ていたからな。わかるよ。敵になってから……お前はいつも辛そうだった」

「……笑っていたつもりよ」

「表面上はな。けどわかりやすいぞ。無理して笑っていたことくらいお見通しだ」

「そう……」

上手く騙《だま》せていると思っていたのは、どうやら私の勘違いだったらしい。

「俺は……お前を止めたかったんだ」

「……」

「何を望んでいるのかまではわからなかった。お前のことだから、自分の命なんて気にせず、目的のためなら平気で捨てることも予想できた。だから……俺が止めたかった。でも結局、お前の思い通りになったみたいだけどな」

「……そうでもないわ」

私も気づいていた。ディルが本気で私を殺しにきていなかったことに……だから最後、彼の異能に備わった防衛本能を利用するしかなかった。

彼が私を手にかけたのは彼の意志ではなく、呪いのように宿った異能の影響だ。本当なら、彼には私を恨んでほしかった。

弟を殺した私を恨んで、怒りのままに拳を振るってほしかったのに……。

「甘すぎなのよ。ディルは」

「お前も……最期まで頑固だったな」

「頑固とは何よ」

「事実だろ？　一度決めたことは何があっても最後までやり遂げる。それに巻き込まれるこっちの身にもなってくれ」

「今さらでしょ？　私に関わったこと、後悔すればいいわ」

「するわけないだろ」

ディルはキッパリと言い切り、私の身体を抱き寄せる。血もいっぱい流れて、徐々に冷たくなる身体を、温もりを取り戻していく自分の身体で温めるように。

「この出会いに後悔なんてしない」

「ディル……」

「もしもお前が繰り返しても、俺はまたお前に会いに行くよ。まったく違う場所に生まれても、お互いのことを忘れてしまっても、お前がどこへ逃げたって探し出す」

「……怖い人ね」

「ははっ、後悔しても遅いぞ？」

「……しないわよ」

もう上手く身体に力が入らない。それでも、最後に残された私の影を振り絞って、無理矢理身体を動かす。

彼の温もりに応えるように、私も彼を抱きしめる。

「貴方と出会えてから……短いこの数か月が、人生で一番幸せな時間だったわ」

「俺もだよ」

この言葉に嘘はない。死に際にこそ人間の本質は現れる。これこそが私の本音、隠してきた私の弱さを、彼は包み込む。

もはや炎は王城を完全に支配して、彼が逃げる道すら燃やし尽くしてしまった。このまま彼も一緒に、ここで死んでゆく。

私の願いは、結局叶えられなかったらしい。

それなのに、今は凄《すご》く清々しい気分で、満足していた。

「……笑っちゃうわね。自分のために生きるって決めたのに、最後の最後で……貴方のことしか考えていなかったわ」

「お互い様だ」

私がそうであるように、ディルも最後まで私のことを考えてくれていた。奇《く》しくも私たちは、お互い願いを叶えたくて、命を燃やし尽くしていたらしい。

滑稽だ。でも、幸せだ。

「ねぇ……ディル」

「なんだ?」

「さっきの言葉……忘れないでね」

「さっきの？」

「どれだけ離れても、お互いのことを忘れても……必ず見つけ出すって言ったでしょ？」

「——ああ、必ずだ」

「そう……」

私は願う。もしも来世があるとしたら、また彼と……出会えますように。

彼だけじゃない。私だけじゃない。

私たち二人で今度こそ、本当の意味で幸せを手に入れられるように、私は希《こいねが》う。

「セレネ」

「……」

「一緒にいこう。お前を、独りぼっちにはさせないから」

かすんだ視界の中で、ディルの顔が私に近づいた。感覚は消え失せて、もう満足に口を開くこともできないけれど。

唇に触れた感触だけは確かに、私の心に届いていた。

これでいい。

私の物語は……ここで終わりだ。

エピローグ

願い、紡ぐ

夢を見た。

遠い過去のお話で、悲しいことがたくさん起こった。他人事《ひとごと》なのに悲しくなって、辛《つら》くて……だけどちょっぴり懐かしい。

そんな夢を見て、私は目覚める。

「う、うーん……もう朝。準備しないと」

目覚めると、どんな夢を見ていたのか忘れてしまう。気になるけど急がなくちゃ、学校に遅刻してしまう。

きっと外では、私のことを待ってくれている人がいる。

「あ、お姉ちゃんおはよう！」

「おはよう」

食卓には私より先に起きていた妹が座っていて、私のほうを見て太陽みたいに明るく笑った。

「お母さん、朝ごはんできてる？」

「用意できてるわよ。ちゃっちゃと食べなさい」

「わかってる。お父さんは？」

「もうとっくに出たわ。貴女が一番お寝坊よ」

お父さんは朝早くから仕事に出かけたらしい。そういえば昨日、大事な会議があるとか言っていたような……。

「いただきます」

朝食をパパッと食べ終わり、制服に着替えてから外に出る準備をした。

「お姉ちゃん早く！　遅刻するよ！」

「わかってる」

「もー、先に外で待ってるね？」

「はいはい」

せっかちというか心配性な妹が、そそくさと玄関のほうへ駆けて行った。時計の針を見て、いつもより少し遅れているだけだと気づく。

普段がちょっぴり早い分、このくらい遅れても遅刻はしないのに。

「そんなに学校が好きなのかしら」

私はあまり勉強が好きじゃなかった。一日中机に向かっているよりも、外で運動でもしているほうがいい……というわけでもない。

私はどちらかといえば面倒くさがりで、忙しいよりも暇なほうが好きだし、日向《ひなた》よりも日陰のほうが落ち着く。

妹は私とは正反対で、いつも明るくニコニコしていて、学校でも人気者だった。そんな自慢の妹に呆《あき》れられないように、私も少しだけ急ぐ。

外に出ると、燦燦《さんさん》と太陽が輝いていた。

眩《まぶ》しさに目を細めながら玄関の外へと行くと……。

「おはよう。寝坊助だな」

「そっちが早いだけでしょ？　おじいちゃんみたいよ」

「失礼な！　早寝早起きは基本だぞ」

「お堅いこと言うわね。今度は先生みたいよ」

朝から軽快なやり取りを交わして、呆れたように彼は笑う。

「今日も仲良しですね！　お兄ちゃんたちは」

「ちょっと、今のやり取りのどこが仲良しに見えるわけ？」

「そうだぞ。お前、目が悪くなったか？」

「息もピッタリじゃないですか！」

「「……はぁ」」

ため息が重なった。

この二人は隣の家に住んでいる兄弟で、私たちはいわゆる幼馴染《おさななじみ》という関係だった。言い換えれば腐れ縁とも言う。

私と兄のほうが同じ年、同じ学校、同じクラス。妹と弟のほうも、似たような状態だった。今までクラス替えが何度かあったけど、一度も別になったことがない。

ここまで一緒だと、一種の呪いなんじゃないかと疑ってしまうほどだ。

「じゃあ僕たちはこっちなので！」

「お姉ちゃん！　行ってきます！」

「ええ」

「車には気をつけろよ」

「「はーい！」」

二人は口をそろえて返事をして、手を振りながら走り去っていく。その後ろ姿を見つめながら、私たちはぼそりと呟《つぶや》いた。

「あーいうのを仲良しって言うんだよな」

「そうね。私たちとは大違いだわ」

とか言いながら、私たちも同じ方向へ、同じタイミングで歩き出していた。普段通りの日常に、今さら特別さも感じない。

小さい頃から一緒にいるせいか、こうして彼が隣にいることすら、当たり前に思えるようになっていた。

「変な夢を見たわ」

「またか？　実は俺もなんだよなぁ……衝撃的な夢だったはずなのに、起きると全部忘れてる」

「そうね。変な懐かしさは覚えているわ」

「そうそう。なんか昔、こんなことあったなぁーって思えるような……」

この話題も何度目だろうか。私が変な夢を見ている夜、どうやら彼も似たような体験をしているらしい。

「実は同じ夢を見ていたりしてな」

「だったら最悪ね。夢にまで入ってこないでくれる？」

「それはお互い様だろ！　俺だって好きで見てるわけじゃないんだよ」

一度会話が止まり、無言のまま私たちは歩いていた。すると、静寂を破るように彼のほうから口を開く。

「でもなんか……あの夢から覚めた朝は……誰かに会いたくなるんだよなぁ」

「――！」

私は思わず立ち止まり、彼もそれに気づいて振り返る。

「どうした？」

「……なんでもないわ」

そこまで一緒だとは思っていなかった。彼が口にした感覚は、夢から覚めた私が思っていることと一緒だった。

誰かに会いたい……そう思って、ちょっぴり心と身体《からだ》が急《せ》かされる。そして決まって、誰かさんの顔を見ると、満足した気分になる。

私たちは立ち止まり、互いの顔を見つめ合う。

「なぁ、俺さ？　お前が隣に引っ越してきた日……こうなるって予感してたんだよ」

「え？　ストーカーでもしてたのかしら？」

「ちょっ、真面目な話をしてるんだぞ！」

「ふふっ、そうね……私も、なんとなく思ったわ」

「お前も？」

「ええ」

五歳の時、私は今の家に引っ越してきて、部屋の窓越しに彼と出会った。一目見た瞬間、私は窓を開けて、彼も窓を開けて、話しかけていた。

「もしかしたら、約束でもしてたのかもな」

「約束？」

「ああ。ずっと前に……もしかすると……出会う前から」

「――そうかもしれないわね」

私たちは視線を合わせ、胸の奥に引っかかっていた何かが解けるような感覚を知る。そうして呆れたように笑い、前を向いた。

「行こうか」

「そうね。いい加減遅刻するわ」

私たちは歩き出す。何気ない日常に、これからも一緒に。

こんな日々が、ずっと続けばいいと願いながら。

あとがき

読者の皆様初めまして、日之影《ひのかげ》ソラと申します。まず最初に、本作を手に取ってくださった方々への感謝を申し上げます。

何度死を繰り返しても終わることのできない永遠のループに閉じ込められてしまったセレネ。九回の悲劇を経て運命の十回目、自分のために生きると決めた彼女の奮闘と、共犯者となった忘却の王子ディルとの絆《きずな》を深めていくお話でした。

本作は一巻から続くお話の集大成！

これまでに提示されてきた謎、セレネとディルがそれぞれに秘めていた想いがついに明らかになりましたね！

いかがだったでしょうか？

少しでも、面白い、よかったと思って頂けたなら幸いです。


本作はどちらかと言えば、ダークで悲しい出来事の多いお話だったかと思います。

私個人はほのぼのするお話より、大切な誰かの死が付きまとってくるような、そういうちょっと暗めなお話のほうが好きだったりします。

のんびり生きる日々も悪くありませんが、人は生き様よりも死に様に色が表れると思っていまして、誰かの死に様を綺麗《きれい》に描きたいなーと常に思っております。

中々そういうお話を書く機会は少ないのですが、本作に関しては私の我儘《わがまま》も通していただいて、こうして最後まで書くことができました。

本編ではたくさんの死が描かれましたが、それぞれに意味があり、生きている誰かに繋《つな》がる死に方だったのではないかな、と思っております。

もちろん、こういう暗いお話も好きだけど、ほのぼの系や単純なバトル系も好きですし、そういうお話が読みたい方は、ぜひぜひ私の他作品を手に取って頂ければと思います。

今年と来年は特に、月数冊のペースで作品を刊行していくと思いますので、お財布の紐《ひも》が許す限り、読んで頂ければとても嬉《うれ》しいです！

今月は本作も含めて８冊くらい出ますよ！

最後に、素敵なイラストを描いてくださった輝竜司《きりゅうつかさ》先生を始め、書籍化作業に根気強く付き合ってくださった編集部のＦさん。ＷＥＢから読んでくださっている読者の方々など。本作に関わってくださった全ての方々に、今一度最上の感謝をお送りいたします。


それでは機会があれば、また別のお話のあとがきでお会いしましょう！

DRE NOVELS

ルーブから抜け出せない悪役令嬢は、
諦めて好き勝手生きることに決めました3

2023年12月10日　初版第一刷発行

著者　日之影ソラ
発行者　宮崎誠司
発行所　株式会社ドリコム
〒141-6019　東京都品川区大崎2-1-1
TEL　050-3101-9968
発売元　株式会社星雲社（共同出版社・流通責任出版社）
〒112-0005　東京都文京区水道1-3-30
TEL　03-3868-3275
担当編集　藤原大樹
装丁　木村デザイン・ラボ
印刷所　図書印刷株式会社

Printed in Japan
ISBN978-4-434-33015-5